Einaudi. Stile

Dello stesso autore nel catalogo Einaudi

Notti in bianco, baci a colazione
Sono puri i loro sogni
La vita fino a te
L'invenzione di noi due
Il tempo di tornare a casa
Il rosmarino non capisce l'inverno
Un buon posto in cui fermarsi
Zeroventi. Nadine e Davide (con Emilio Pilliu)

Matteo Bussola

La neve in fondo al mare

8 ottobre 2024

volo MXP-LHR

Einaudi

www.einaudi.it

ISBN 978-88-06-26065-1

La neve in fondo al mare

all'aquilone, al filo,
alle mani che lo stringono

Ho bisogno di sbagliare ancora tanto altrimenti non capirò mai niente.

MARCO LODOLI, *Italia*

Da bambino salutavi con la mano le cose mute del mondo, i cartelli i semafori le biciclette i tetti delle case, in auto premevi il viso contro il finestrino chiuso, mi chiedevi di abbassarlo un poco, sporgevi appena la testa e tiravi fuori la lingua, l'aria che ti pizzicava le guance ti faceva ridere. Quando rientravi ti mettevi in ginocchio sul sedile, e dicevi ciao alle macchine dietro la nostra, a volte accadeva che qualcuno ti restituisse il saluto, o ti regalasse una faccia buffa, allora tu agitavi il braccio ancora piú forte, gli occhi che s'illuminavano, il miracolo del mondo che d'un tratto esisteva solo per te.

Da bambino credevi a tutto, agli alberi all'asfalto ai sassi ai bordi delle strade, al cielo alla pioggia ai gatti sdraiati al sole, ai due panini imbottiti a merenda e ai cartoni guardati insieme la sera, alle tue buone intuizioni, alle mie buone intenzioni, all'immaginazione che conduce a un risultato, credevi a tua madre, credevi a me. Credevi in te.

Forse diventare grandi, in fondo, non vuol dire che questo: smettere di credere.

Forse per quello ora mi appari lontanissimo, anche se sei qui a un passo, raggomitolato in un letto come una conchiglia che affonda nella sabbia umida. Ti osservo dal letto accanto al tuo, cercando di riconoscermi nelle tue braccia magre, nelle vene in evidenza, nelle spalle da sedicenne larghe ma fragili, nelle tue energie buie, nei tuoi silenzi esausti, nei tuoi occhi che sembrano temere la vergogna piú del fallimento, ma in cui brilla la rivendicazione di una scelta terribile.

Siamo Ulisse e Telemaco all'incontrario, il padre che attende il ritorno del figlio squassato dai flutti piú pericolosi, quelli delle aspettative disattese, dei sensi di colpa che piegano la schiena, del non sentirti all'altezza del mondo, del non sentirmi all'altezza di te.

1.

Carico massimo

Per raccontare questa storia dovrei partire dall'inizio. Se solo sapessi quale scegliere fra i tanti.

Magari, prima di soffermarmi sugli eventi che ci hanno portato fino a qui, potrei provare a dire due parole su di me. Una specie di breve ritratto. Anche per ricordarmi chi sono, in questo posto in cui è facile sentirsi ridotto a una singola funzione.

Mi chiamo Caetano Bernardi e ho quarantanove anni. Dicono che forse nel mio nome c'è qualche retaggio brasiliano, ma non sono mai stato in Brasile e non ho aneddoti interessanti in proposito. Caetano deriva dal fatto che Caetano Veloso era il cantante preferito di mia madre. Il nome ha vinto su Barnaba, cioè quello che avrebbe voluto mio padre. Non posso dire di esserne dispiaciuto.

Sono un ingegnere, un marito, il papà di un adolescente e di due bambine.

Mia moglie Grazia dice che, quando ti definisci o ti presenti, piú del resto, conta l'ordine in cui elenchi le cose. Può essere che abbia ragione, ma io non mi pongo il problema perché, nel mio caso, le tre faccende non sono tanto diverse.

Il mio lavoro è capire come fare affinché le cose stiano in piedi.

Entrare nel gioco di spinte e controspinte, calcolare le sollecitazioni sopportabili da una struttura, il suo carico massimo sostenibile. Di che sto parlando, ora? Della mia professione, del mio ruolo di genitore, o della mia responsabilità di partner?

Il carico massimo sostenibile cambia a seconda del materiale che consideri. A parità di spessore, un solaio in laterocemento porta quattrocento chilogrammi al metro quadro, uno in calcestruzzo armato seicento e passa, un solaio in legno ne tiene la metà, ma in compenso è piú elastico.

Funziona cosí anche con le persone, la vita è una gara di resistenza alle deformazioni e agli urti.

Non tutti vi reagiscono allo stesso modo. Ma il vero problema è che, quando si tratta di persone, non esistono regole matematiche universalmente valide. Ognuno di noi è un impasto unico che c'entra solo in minima parte con la biologia, e ha a che fare principalmente con la propria storia, con il periodo in cui si vive, con la maniera in cui si riesce ad adattarsi oppure a ribellarsi allo sguardo degli altri. L'umano è un materiale che muta le caratteristiche meccaniche nel tempo, attraverso crepe o fenditure spesso difficili da scorgere, a volte addirittura sotterranee. Per vederle servono occhi attenti, desiderio di conoscere, capacità di mettersi in discussione e nessuna soluzione pronto uso.

Ecco perché Tommy e io siamo qui.

Perché sono sempre stato uno che ha provato ad avere il controllo di tutto e ha scoperto, al contrario, di non averlo su niente.

Perché ho cercato di utilizzare le regole che mi hanno insegnato, senza tener conto che le stavo applicando a una vita che pensavo di capire solo perché ho contribuito a farla arrivare nel mondo.

Perché mi hanno trasmesso l'idea che essere genitore significhi fare quel che si deve, invece che fare quel che serve.

E se servono nove mesi perché nasca un bambino, basta un secondo perché muoia un figlio.

2.

Il posto dei padri

Ti tengo in braccio che hai un minuto di vita.

Hai labbra rosse e sottili, occhi dal taglio orientale, stretti e allungati, un colorito violaceo che per un attimo ci ha fatti preoccupare. Sul panno che ti avvolge ci sono ancora tracce di sangue e fluidi corporei, sulla pelle del viso piccoli filamenti biancastri: i segni della tua prima battaglia di figlio e della mia prima impotenza di padre. Sembri cosí arrabbiato, mentre le tue urla riempiono la stanza dalle pareti verdi, il grido antico di chi è stato sottratto al suo essere intero, di chi si trova di colpo nuovo e diviso. Quando il tuo pianto aumenta, quasi ti strappano dalle mie mani per riconsegnarti a tua madre, perché – mi spiegheranno in seguito – lo *skin to skin* con la mamma è fondamentale per calmare il bambino, regolare il suo respiro, placare il battito. Resto in piedi con le braccia vuote protese in avanti, già orfano di te, vi guardo immobile, un'ostetrica mi passa di fianco e mi urta con un vassoio.

– 'Sti papà non si sa mai dove metterli, – dice con un tono carico di comprensibile stanchezza.

Mi sorprende comunque la violenza della frase, il fastidio nella voce, come se rappresentassi una specie di incomodo e non fossi titolato a stare lí.

Non sapete dove metterci perché per noi non è previsto un posto. Stiamo in attesa di sguardi o segnali o richieste, per paura di sentirci inopportuni e sbagliati. Diciamo cose spesso inutili, per nascondere uno spavento che nessuno vede. Portiamo borse, accarezziamo capelli, stringiamo forte mani, per provare a essere parte di un segreto che ci respinge fin dal principio. La vita, dal suo concepimento, ci vuole estranei alle modificazioni del corpo, all'attesa che si fa carne, al trauma fisico della nascita. Una donna che sta per diventare madre la vedi subito, la pelle che cambia, i capillari che si dilatano, le forme che si arrotondano, mentre un uomo che aspetta un figlio non lo riconosci da niente. Non dal suo aspetto, né dalla sua andatura, non dal suo sguardo, dal colorito o dall'odore della pelle. Non viene fermato per la strada per sapere come sta, a quale mese siamo?, nessuno si preoccupa per lui. Non sappiamo dove metterci perché un padre, il suo posto, lo trova da solo negli anni, a partire da quel primo giorno, e a volte mai.

Questo è ciò che dovrei rispondere all'ostetrica, ma sono cose che devo ancora scoprire.

– Mi scusi, – dico invece.

3.

La prima forma

Qui non si può dire la parola.

Si cerca di non pronunciarla mai.

Esistono un sacco di modi per aggirarla, per fingere che non. Si tratta di sinonimi pietosi inventati per rendere piú sopportabile l'enormità, ricondurla all'interno di una cornice clinica, farla sembrare affrontabile.

Uno di questi è un *agíto*.

Un agíto indica il passaggio da una sofferenza psichica a un'azione fisica.

Dopo l'agíto di un adolescente, niente è piú come prima. Non lo è nella vita del figlio, non lo è in quelle dei genitori.

Un agíto può essere un disturbo alimentare reiterato nel tempo, un comportamento autolesionista fatto di tagli o bruciature, una dipendenza da droghe che conduce a episodi drammatici, l'esplosione di un'aggressività fisica contro sé stessi o gli altri.

Nel caso di Tommy, indica la messa in pratica dell'intenzione di non esserci piú.

Non esserci piú non era l'intenzione primaria. Il tentativo, nel caso di mio figlio, è sempre lo stesso: perdere peso. Per ottenere l'effetto, stavolta ha ingoiato una dose eccessiva di pillole dimagranti. Le ha comprate su Internet, gli hanno causato una potente disidratazione e gli hanno intossicato il fegato, mandandolo in stato di shock.

Per questo siamo di nuovo qui, dopo due precedenti ricoveri. Perché Tommy soffre di anoressia nervosa.

All'inizio, ci abbiamo impiegato un po' a riconoscerla, perché è un disturbo che si è abituati ad associare alle ragazze. Che poi è la ragione per cui ci siamo rifiutati a lungo di vedere i segnali. Ci parevano manifestarsi nel posto sbagliato.

La perdita di peso, da tre anni all'incirca, è la punizione ossessiva che nostro figlio si infligge.

Gli psichiatri, in reparto, mi hanno detto che è l'unica maniera che gli fa sembrare di mantenere il controllo sul suo corpo, dunque sulla sua vita. Ecco perché è una patologia sempre piú diffusa, anche fra gli adolescenti maschi.

– Farsi del male è un modo per avere un controllo? – ho chiesto la prima volta che siamo stati in questo posto.

– Farci del male è la prima forma di controllo che abbiamo tutti, – mi ha risposto il dottore.

4.

Disegni invisibili

Hai tre mesi di vita e la notte mi sveglio per vedere se sei ancora lí.

Mentre dormi nella culla, ti poso una mano sulla schiena, oppure sulla pancia, non la tolgo finché non sento il diaframma che si alza, il tuo piccolo cuore che batte veloce, un breve sospiro caldo nel buio.

Con tua madre, durante la poppata notturna, scherziamo su quando avrai vent'anni e tornerai tardi la sera, e io ti aspetterò alzato facendo finta di guardare la tivú. Oppure ti immaginiamo all'università, in un altro Paese, in cui avrai da subito la tua vita lontano da noi e ti risparmierai le nostre ansie inutili, i resoconti evitabili.

Tua madre dice che sarai senz'altro un artista, che è evidente dalla maniera in cui la tua manina si muove nell'aria quando lei ti allatta, quasi componesse disegni invisibili. Io le dico che sarai un uomo di scienza, che non c'è dubbio su questo, basta osservare come i tuoi occhi si soffermano sulle cose.

I genitori fanno cosí, sai? Cominciano presto a immaginare per voi percorsi possibili, futuri probabili, orientamenti rassicuranti che diano la sensazione di poter essere indirizzati. Si perdono a sperare in inclinazioni che, magari, li risarcirebbero dei loro inciampi di gioventú, o addirittura dei fallimenti. Si spingono a ravvisare somiglianze – non ti pare che ricordi tuo padre?, gli occhi sono proprio di tua sorella –, come se l'inganno del sangue avesse il potere di tenervi al sicuro dalle derive della vita. Ed è inevitabile chiedersi se avrete la nostra fortuna, le nostre tristezze, se si somiglieranno i destini oltre gli sguardi.

Forse è cosí che iniziamo già a perdervi, a farvi annegare in una versione di voi che non vi calza, in un mondo che non vi vede, nel rimpianto di qualcosa di sottratto prima ancora che.

Forse è in questo modo, proprio lí, che cominciamo inconsciamente a tradirvi.

5.

Puffo anoressico

«Neuropsichiatria infantile» sembra un ossimoro.

Nella testa di un genitore, sono due termini che mai dovrebbero essere accostati.

Il reparto è un lungo corridoio curvo, le stanze sono distribuite sulla circonferenza esterna, gli ambulatori e le sale mediche su quella interna. Tra le due, appoggiato come un vagone sui binari, c'è il desk delle infermiere.

Ci sono molto spazio e tanta luce, non te li aspetteresti in un posto cosí. Ma certe situazioni, certi luoghi, non sono quasi mai come li immaginiamo. Facciamo addirittura fatica a sospettarne l'esistenza, fino al momento in cui non siamo obbligati a scoprirli.

Ricordo che, al primo ricovero, ero del tutto impreparato. Però allora ci aveva pensato Grazia.

Era stata lei a passare le notti a vegliare Tommy e, prima, i giorni in pellegrinaggio tra psicologi e nutrizionisti, era stata lei a scoprire attraverso Internet ciò che, di lí in avanti, ci avrebbe aspettato, il nome di ogni esame, di ogni figura professionale che avremmo incontrato.

Io in reparto mi sbagliavo di continuo, chiamavo tutti «dottore» o «dottoressa», anche le infermiere che venivano a medicare nostro figlio, o a fargli un prelievo.

Oggi so addirittura che è sbagliata la definizione generica di «infermiere», perché esistono sigle a seconda dei compiti, delle specializzazioni, sebbene non abbia mai avuto la pazienza di impararle. Per quanto mi riguarda, la categoria si divide in due soli gruppi: le cinque infermiere femmine e poi Stefano, l'unico maschio. Immagino che la prevalenza delle donne sia dovuta al fatto che in reparto ci sono tanti bambini, e forse i bambini le associano a una figura materna, non so. Può essere che, nelle emergenze pediatriche, i giovanissimi pazienti si affidino con maggiore serenità a mani piú tenere e accudenti. O, magari, il mio non è che un inutile pregiudizio d'altri tempi.

Perla, l'infermiera alta e biondissima che passa piú spesso in camera da noi, ha invece mani grandi ed energiche, ruvide, che sembrano quelle di un carpentiere. Quando fa i prelievi a Tommy, indispensabili per tenere sotto controllo la sua anemia, chiede sempre: «La vuoi la farfallina?» con un tono soave che stride con la sua corporatura massiccia.

La farfallina è un ago molto fino, ai lati ha due linguette di plastica colorata. Si usa con i piú piccini, che sono facilmente impressionabili e hanno vene troppo sottili.

– No, va bene l'ago normale, – risponde Tommy, quasi offeso dalla richiesta. Ma, nel momento in cui l'ago gli buca la pelle, lui distoglie sempre lo sguardo.

Tommy ha vene profonde, nascoste, infossate nelle braccia nonostante la magrezza, è spesso problematico beccarne una al primo colpo. Ogni volta che vedo l'ago rimestare nella carne di mio figlio, come una trivella alla ricerca dell'acqua, devo trattenermi dal dare dell'incompetente all'infermiera di turno, anche se non è affatto colpa sua.

Perla, in questo, è la migliore. Il suo primo tentativo va quasi sempre a segno. Durante il prelievo, conversa con Tommy con voce carezzevole, riprende argomenti lasciati la volta precedente, lo interroga sui suoi gusti musicali, sulla scuola, sugli interessi che coltiva fuori di qui.

Lui le risponde a intermittenza, o con rapidi cenni svogliati. Vive le sue domande con fastidio, soprattutto per una ragione: Perla, quando gli rivolge la parola, gli parla come se lui avesse otto anni.

Non lo fa solo con mio figlio, usa la stessa modalità con ogni paziente: di fronte a ragazze diciassettenni dalle braccia scarnificate oppure a bambini epilettici, davanti a ragazzine autistiche o a sedicenni hikikomori alti quanto giocatori di basket.

Sembra che per Perla siano tutti bambini e bambine della stessa età.

All'inizio la cosa mi disturbava. Poi ho cominciato a pensare che questa donna imponente, dalle mani grandi, avesse soltanto trovato la sua strategia per lavorare in un reparto del genere senza farsi intaccare dalla disperazione.

Ieri sera ne ho discusso con Grazia al telefono.

– C'è ancora la gigantessa che parla come Topo Gigio? – ha chiesto.

– Sí, – ho risposto, – e non è cambiata, nel frattempo.

– Ovvio.

– Resta comunque la migliore. Non fosse che i ricoverati qui, per lei, sembrano essere tipo... Boh. Dei puffi.

– Come sarebbe, dei puffi?

– Dei puffi. Nel senso di tutti uguali, per quanto ognuno con la propria particolarità, – ho precisato. – Ti ricordi i cartoni, no? Il puffo pittore, il puffo musicista, il puffo imbranato... Ecco, per lei Tommy è il puffo anoressico, Eva la puffetta morbidosa, il bambino della undici il puffo ansioso, eccetera.

– E perché mai dovrebbe vederli cosí, scusa?

– Non lo so, credo sia perché... – mi sono interrotto. – Ma no, dài, lasciamo perdere, è solo una stupidata che mi sono immaginato io.

– Non lasciamo perdere niente. Vai.

– Credo sia perché, in questo modo, non può davvero distinguerli, quindi non può davvero legarsi a nessuno di loro. Un puffo se ne va e un altro puffo arriva, capisci? Restano in reparto per un po', fanno cose da puffi, lei se ne occupa in maniera identica e quando escono può dimenticarli piú facilmente, senza che le esperienze lascino eccessivi strascichi.

– Non mi pare un grande approccio, per un'infermiera. Non ci sarebbe alcuna forma di empatia.

– Sí, invece. C'è. Solo che è un'empatia... misurata. Equamente distribuita. Quello che recita è un copione che le serve per preservare il suo equilibrio mentale. Perché se si permettesse di provare affetto per ogni ragazzo disastrato che entra in reparto, be', penso che finirebbe in pezzi dopo poche settimane.

Grazia ha fatto una lunga pausa, poi ha ricominciato.

– Forse, dopotutto, non è una stupidata, – ha detto.

– Trovi?

– Noi proviamo affetto per uno solo, – ha concluso, – e siamo finiti in pezzi lo stesso.

6.

La memoria della farfalla

Ti accompagno all'asilo a piedi, è primavera inoltrata, mi stai seduto sulle spalle e stringo le tue caviglie nelle mani.

– Chi viene a prendermi? – chiedi mentre varchiamo il cancello della scuola. – Vengono i nonni?

– No, amore, i nonni abitano lontano. Vengo io, oppure la mamma, non lo sappiamo ancora, ti faremo una sorpresa.

Ti poso a terra, ti sistemo la giacca. Ti guardi attorno e noti gli altri bambini. Accanto alla metà di loro c'è qualche figura anziana.

– Perché venite sempre voi?

La domanda mi coglie di sorpresa.

– Perché siamo la tua mamma e il tuo papà. Non sei contento che veniamo noi?

– Sí, però anche i nonni.

– Allora glielo chiederemo, va bene?

Mi guardi, ti guardo. A quattro anni non posso dirti la verità. Non posso dirti che non mi piace che i miei si intromettano. Voglio loro bene, ma desidero che tu sia solo affar mio, affar nostro. Non posso rivelarti che i nonni sono, in genere, quelle persone che ti suggeriscono per i tuoi figli tutti gli errori che loro hanno già fatto con te. Errori che non voglio ripetere, che non voglio farti subire. In alcuni casi, invece, i nipoti possono essere addirittura una specie di rivincita, un modo per rimediare. Mio padre non se la merita.

– E poi il nonno mi racconta sempre le storie, – prosegui.

– Che storie?

– Le storie di quand'era piccolo e il suo papà lo mandava a prendere la legna nel bosco da solo e allora lui piangeva.

– Il nonno? Piangeva?

– Sí, perché certe volte si perdeva.

Mio padre che non ritrova la strada. Mio padre che piange. Non riesco neanche a immaginarmelo. Proprio lui che, da me, si aspettava sapessi tutto per scienza infusa, che non mi ha mai spiegato niente, come se le cose si dovessero trasmettere in silenzio, in una specie di misterioso e segreto contagio fra maschi. Mio padre e le sue sfuriate senza spiegazione, alle quali seguivano euforie improvvise che dovevamo accogliere con gratitudine, quasi quei brevi momenti di luce fossero un favore che ci faceva. Mentre tu, invece. Tu sei la nostra occasione di portare un bene nel mondo. Non la sua, non la loro. Sei l'opportunità di dimostrare che, con sufficiente presenza e attenzione, si può crescere un essere umano felice.

– Guarda! – dici d'un tratto, indicando un fiore giallo. – Farfalla!

– Non è una farfalla, Tommy, è un maggiolino.

– No, è una farfalla!

– No, Tommy, le farfalle hanno le ali grandi, questo è un maggiolino.

– Ma perché non è una farfalla? – insisti.

– Perché è proprio un'altra famiglia di insetti. Le vedi quelle piccole ali brillanti che ha sulla schiena? Si chiamano elitre, la farfalla non ce le ha mica. Coprono le ali vere che stanno sotto. Le tengono al sicuro.

– Perché?

– Perché le ali del maggiolino sono fragilissime. E lui ha paura che si rompano.

– La farfalla invece non ha paura che si rompano, papà?

– Be'… la farfalla… meno.

– Le farfalle sono coraggiose?

– Sí. Cioè, diciamo che, in un certo senso, paura non fanno neanche in tempo ad averne.

– Perché?

– La maggior parte delle farfalle vive solo pochi giorni.

Mi guardi con un'espressione delusa, mi sento quasi in colpa per avertelo detto.

– Papà.

– Sí?

– Però lei non lo sa, vero?

– Cosa?

– La farfalla, non lo sa mica che vive cosí poco.

– Ah, no, no, assolutamente, non lo sa proprio, figurati, – cerco di recuperare.

Fai una lunga pausa, poi mi guardi stringendo gli occhi.

– Allora forse ha paura anche lei, è solo che volare le piace di piú.

7.

Grano nel campo

– Tommy, dovresti bere un goccio di integratore, – dice la giovane dottoressa.

Tommy fissa il vuoto davanti a sé, seduto nel letto, stringe fra le dita un angolo del lenzuolo.

– Se vuoi te lo lascio sul comodino.

– Non potete obbligarmi a berlo.

– È vero, non possiamo. Per questo abbiamo bisogno di te.

Lui resta in silenzio, gira il viso dall'altra parte e serra le labbra con forza. Mi sembra di essere tornato indietro, all'ultima volta, tutta la fatica che avevo sperato non avremmo piú incontrato è di nuovo qui. Sono qui il rifiuto totale e inattaccabile di mio figlio, l'odore misto di disinfettante e brodo e vomito che m'invade le narici anche durante il sonno, il dolore muto dell'impotenza che, per un attimo, mi fa dimenticare il rispetto della dignità del paziente e la comunicazione non giudicante, i due approcci che ci raccomandano di continuo.

– Se non lo bevi saranno costretti a metterti il sondino nasogastrico, come l'altra volta, – intervengo.

Tommy si gira di scatto, mi guarda strabuzzando gli occhi.

– Ma non è vero, – dice la dottoressa, per rassicurarlo. – Tommy nel frattempo è cresciuto e, anche se la cosa lo mette un po' in difficoltà, sa accettare quel che è meglio per lui.

– O quel che è meno peggio, – risponde mio figlio.

– Possiamo vederla anche cosí, – dice la dottoressa, sorridendo appena. È consapevole di avere aperto un minimo spiraglio. – Resta il fatto che tu ora hai uno squilibrio elettrolitico e metabolico importante, e l'integratore liquido, almeno quello, è necessario.

– Tommy, per favore, su, – dico.

– Papà, gentilmente, – dice la dottoressa, – ce ne occupiamo noi.

– È mio figlio, sto solo cercando di...

– Venga, – fa un'infermiera, – usciamo dalla stanza un minuto, lasciamoli finire di parlare.

Mi prende sottobraccio come un anziano che va allontanato da un cantiere per pericolo di crollo.

– Questa cosa è sempre terribile, – dico nel corridoio. – Io vorrei solo aiutarlo, metterlo in guardia, invece...

– Lo so, – dice l'infermiera. – Ma lasci che la dottoressa faccia il suo lavoro. La nutrizione enterale col sondino è sempre l'ultima spiaggia, noi invece dobbiamo far leva sulla fiducia di Tommy.

Fiducia. È una parola di cui tutti si riempiono la bocca con troppa facilità. È stata la fiducia a portarci di nuovo qui. La voglia di credere a mio figlio, ai suoi «sto meglio», ai suoi «non preoccuparti», «è tutto sotto controllo». Il vetro della fiducia, però, troppo spesso è destinato a infrangersi contro il cemento della realtà.

– Anche mia moglie l'ultima volta faceva cosí.

– Cosí come?

– Quel che ho appena fatto io, maledizione. Cercava di convincere Tommy a mangiare, prospettandogli l'alternativa. Con la differenza che lei gli svolazzava attorno con 'sto cucchiaino in mano, sforzandosi di apparire gioiosa, come quando era piccolo, sembrava una rondine che deve sfamare il suo rondinino. E Tommy che rifiutava tutto, che la allontanava e frustrava i suoi tentativi, ogni volta.

– Non è il metodo giusto, – dice l'infermiera. – Anche se capisco sua moglie. Io sono del Sud e ancora oggi, quando mamma mi chiama la sera, la prima cosa che mi chiede è se ho mangiato. Le madri sono abituate da sempre a mettere il cibo al primo posto, fa parte del loro modo di volerci bene. I padri, in genere, di modi ne hanno altri.

Fisso l'enorme Winnie the Pooh dipinto sul muro del corridoio, si sta infilando in bocca una ditata di miele. Per un attimo, in questo posto, mi pare un'immagine di una violenza indicibile.

– Sa da dove deriva la parola «padre»? – chiedo all'infermiera.

– Mmh... Credo dal latino. *Pater*, no? – risponde.

– Sí, certo, – dico. – Però, in realtà, avevo letto da qualche parte che l'etimologia ha un'origine molto piú antica.

– Davvero?

– Pare derivi dal sanscrito *Pa*.

– È come chiamo il mio papà, – sorride lei.

– Anche Tommy mi chiama cosí, – dico. – Per noi non è che un'abbreviazione, invece in sanscrito la radice *Pa* significa «sostentare», «nutrire». È la stessa radice alla base della parola «pane».

– Che bella, questa cosa, – dice. – Non la sapevo.

– Papà, venga! – la voce della dottoressa arriva dalla camera. Rientro rapido con l'infermiera.

– Tommy ne ha bevuto quasi un terzo, – dice soddisfatta la donna. – Per ora è sufficiente. È stato molto bravo.

– Sí, – dico sforzandomi di apparire convinto.

Mi rendo conto che, senza volere, nel mio tono c'è una punta di amarezza. Forse perché non sono stato io a convincere mio figlio. Forse perché mi sento da troppo tempo come se stessi mancando a un compito che mi spetta.

Forse perché il pane ha senso solo se c'è qualcuno da sfamare, che ci riconosce e ci accoglie, altrimenti la farina resta grano nel campo.

8.

Roba che cade

Qui si pensano degli altri cose che non si possono dire, che non si vorrebbero pensare.

Si ascolta una madre che si lamenta col marito, lui doveva portarle una borsa per la bambina, invece l'ha scordata, e la si vede cosí chiaramente la loro battaglia, la loro fatica, si vede da cosa si nascondono, quanto lontani siano dal ritratto che fanno di sé.

Si assiste al silenzio rabbioso di una donna ricoverata col figlio, tre stanze piú in là, una quarantenne minuta, il viso solcato da occhiaie profonde, mamma di un sedicenne di un metro e novanta che ha sviluppato la fobia dell'acqua. Il ragazzo non si lava da mesi, ha la pelle arrossata e ruvida, emana un odore indicibile di adolescenza e sudore acido che filtra dalla camera come cibo andato a male. La madre ogni tanto gli strofina una salvietta profumata sul corpo, nel tentativo di una minima e pietosa detersione, perché se provi a bagnarlo urla che nemmeno un animale in trappola, e io vorrei chiederle in che modo riesca a convivere con quell'olezzo costante che impregna ogni cosa, compreso il suo amore, mentre la superficialità del mondo riduce tutto a «potrebbe lavarsi», senza cogliere che proprio lí abita il trauma.

O, ancora, il manager che sembra odiare sua figlia e non si stacca mai dal telefono, glielo si legge in faccia, il risentimento: la ragazza che non ha obbedito al suo piano perfetto, che si è sabotata la vita da sola, che ha macchiato il buon nome; l'essere padre vissuto d'un tratto come una prigione che non lo rappresenta piú, le visite alla figlia forse solo perché la gente non dica, per contenere la vergogna, mentre quel che sembra è che lui non voglia averci niente a che fare, abdicando al suo ruolo per sempre.

Ogni tanto mi succede di vedere nei loro occhi ciò che anch'io sono diventato, in alcuni momenti è solo un'ipotesi, in altri è una spaventosa conferma, allora penso chissà se si chiederanno perché qui, accanto a Tommy, ci stia io anziché la madre, per esempio, e m'immagino le loro conclusioni silenziose, le loro considerazioni ingiuste quanto le mie nei loro confronti, la tentazione del giudizio per sentirsi in qualche modo migliori, attraverso il tracciamento di una distanza tra sé e gli altri, come residuo d'una minima salvezza.

C'è una sola madre, in reparto, che conoscevo già, ci siamo incontrati in pronto soccorso prima di finire qui.

Si chiama Amelia, ha una figlia ricoverata per problematiche alimentari. Le sue sono diverse da quelle di Tommy, anche se il meccanismo psichico è simile, ma questo ha comunque creato tra me e la donna una, non so. Connessione, credo.

Ieri ci siamo trovati nel corridoio che spacciano per saletta caffè, e che per i genitori è una specie di confessionale, in cui a volte sei quello che si dispera, a volte sei quello che consola. Piú spesso ci si sostiene a vicenda.

– Che poi, a rifletterci, abbiamo due figli speculari, – ha detto lei, mescolando il suo tè nel bicchiere di carta. – Tu che prendi?

– Un caffè lungo, grazie, – ho detto. – Speculari in che senso?

Ha inserito una moneta nel distributore automatico di bevande, ha premuto il pulsante.

– Mia figlia mangia a dismisura, come se volesse seppellirsi nel suo corpo. Mentre il tuo…

«Mentre il mio vuole scomparire», ho pensato, ma non l'ho detto a voce alta.

– Ed entrambi siamo furenti col mondo, – ha aggiunto.

– Non so, – ho detto. – Io non credo di essere arrabbiato col mondo, è solo che…

– Solo che?

– È solo che sono ossessionato dall'individuare l'istante in cui è iniziato tutto. Quando si è aperta la crepa. Le ragioni per cui si è innescato il processo. Come ho fatto a non accorgermene prima? Io e sua madre non ci diamo pace su questo.

Ha estratto il mio caffè dal portellino del distributore, me l'ha passato.

– Saperlo non vi farebbe stare meglio.

– Forse no, ma mi sento di voler correre il rischio, – ho detto. – È che… siamo sempre stati lí, capisci? Non guardavamo altrove, non c'è nulla che ci siamo persi. Allora come abbiamo potuto non vedere, non intuire?

Ho bevuto un lungo sorso di caffè.

– Non c'è niente da intuire, alla fine siamo tutti roba che cade, – ha concluso lei. – Essere in questo posto ci ricorda semplicemente quest'amara verità. C'è chi cade da solo, chi precipita in coppia, chi viene giú prima e chi dopo, dipende da quanto presto si manifesta la tempesta.

Ho pensato a mio figlio, e al fatto che la sensazione, con lui, è stata proprio quella che a un certo punto, piú che perdere l'equilibrio, Tommy avesse deciso di lasciarsi andare. E noi gli siamo caduti dietro, nel tentativo di afferrarlo.

– Comunque, per quel che può valere, nel caso di Eva le prime avvisaglie si sono manifestate poco dopo il lockdown. Quei mesi sono stati un periodo complicato, lo sono stati per molti, immagino, mio padre è morto di Covid, e a casa con noi c'era pure mio fratello che aveva perso il lavoro. Insomma, tante cose insieme.

– Sí, – ho detto. – Anche mia madre se n'è andata cosí.

Senza accorgermene ho chiuso la mano, il bicchierino si è accartocciato ancora pieno per metà, il mio caffè lungo è morto in uno spruzzo che mi è colato sulle dita. Amelia e io siamo restati in silenzio a osservare la scena.

– Guarda, ti si è sporcata una scarpa, – ha detto lei, dopo un po'.

Il caffè mi era finito su uno degli zoccoli di gomma celeste che uso in reparto. Amelia ha preso un fazzolettino dalla borsa, si è messa in ginocchio e me lo ha pulito, come avrebbe fatto con un bambino a cui fosse gocciolato il gelato sui sandali. È stata una premura che, per un attimo, mi ha trasportato in un altro luogo, in un altro tempo. Sono rimasto immobile, il bicchiere stritolato nel pugno, paralizzato da quel gesto inatteso, quando Amelia si è rialzata mi sentivo rosso in viso, non so se per l'imbarazzo o la sorpresa o per entrambe le cose.

– Grazie, – ho detto, poi ho spostato lo sguardo sull'orologio rotondo appeso sul muro dietro di lei, è fermo sulle tre e un quarto da quando siamo arrivati. Ho desiderato che il tempo potesse fermarsi per davvero, e di poter rimanere lí, in piedi davanti ad Amelia, scaldato da quella piccola intimità fra sopravviventi.

È stato allora che, nella saletta, è entrato il padre manager.

– Finché non arriva mia moglie a darmi il cambio, non mi fanno scendere al bar di fronte, – ha detto, come stesse proseguendo un discorso con noi. – Cioè, io davvero non so. E questa non li fa manco d'orzo, eh? – ha aggiunto indicando il distributore di bevande.

– No, – ho confermato io, quasi infastidito per la sua irruzione.

– Qua dentro è tutto sbagliato, – ha detto lui. – Dovrebbero privatizzare l'intero plesso, poi lo vedi se filano.

Mi ha guardato, cercando approvazione.

– Comunque io sono Franco, – ha detto.

– Piacere, – abbiamo detto Amelia e io, all'unisono, senza però dire i nostri nomi.

– E quindi: voi perché siete qui?

– Per il caffè, – ha detto Amelia con un sorrisetto cinico.

– Per il caf... – ha riso Franco. – Buona, questa. Va be', dài, per stavolta me ne faccio uno normale anch'io, *uff*.

Ha infilato le monete nel distributore, ha selezionato caffè macchiato e doppio zucchero, mentre il liquido scendeva si è girato nella nostra direzione.

– Quindi? – ha insistito.

– Quindi che?

– Per cosa siete qui? Tanto siamo tutti sulla stessa barca: se non ne parliamo tra noi!

– Disturbi alimentari, – ho tagliato corto io. Amelia ha allargato appena le mani, come a dire «idem».

– Beati voi, cazzo. La mia invece si taglia braccia e gambe come una cogliona, cioè: capito? Si ferisce da sola.

Amelia e io ci siamo fissati. Lui ha estratto il bicchierino di caffè caldo dal distributore, ha ingollato il primo sorso senza manco soffiarci sopra.

– Possibile che 'sti ragazzi non nascano piú come si deve? – ha detto.

9.

La balena Giuseppina

A cinque anni hai paura del buio.

Ogni sera mi siedo sul tuo letto, mi metto accanto a te e ti dico: – Non devi avere paura, tu dormirai sereno e protetto.

– Come fai a saperlo?

– Perché l'ho promesso alla balena Giuseppina.

– Alla balena?

– Sí. Devi sapere che una sera, quando eri piccolo piccolo, mentre stavo per addormentarmi e tu eri nella tua culla, ho visto una luce fortissima venire dal nostro balcone. Subito mi sono spaventato, ma ho cercato di non urlare perché non volevo svegliare né te né la mamma.

– E poi?

– E poi mi sono alzato, ho scostato la tenda. E sul nostro balcone, indovina? C'era la balena Giuseppina.

– E cosa voleva?

– Mi ha chiesto se ero proprio sicuro di riuscire a proteggerti dal buio e dai mostri. E io ho risposto di sí, che avrei fatto del mio meglio. E lei mi ha detto che se un giorno, anche senza accorgermene, avessi cominciato a non proteggerti piú, o a proteggerti meno, o a dimenticarmene, sarebbe arrivata lei a proteggerti al posto mio.

– E tu cos'hai detto?

– Le ho detto: va bene, Giuseppina. Promesso.

– E allora? Cos'è successo poi?

– E allora: hai mai visto in giro la balena Giuseppina nella tua cameretta, tu? O magari in bagno, o in cucina, oppure in soggiorno? O anche solo fuori sul balcone?

– Io no, – dici ridendo piano.

– Visto? – dico. – Dài, adesso è ora.

Mi fissi come restando in attesa.

– *Sssht*, – ti faccio io, toccandomi il naso con l'indice teso.

– *Sssht*, – ripeti tu, di rimando, toccandoti il naso col tuo.

Poi appoggi la testa sul cuscino. Poi chiudi gli occhi.

Poi dormi.

10.

Un bene su misura

Nella stanza in fondo al corridoio, c'è una madre che non dice una parola. È l'unica a sapere che sua figlia non guarirà. Sua figlia è una ragazzina di nove anni nata con un ritardo mentale, a causa di un'ipossia durante il parto. O, perlomeno, cosí si dice, ma nessuno di noi lo sa davvero. La ragazzina emette in continuazione un gemito, un suono, una specie di gracidio simile al verso di una rana. A noi paiono lamenti senza senso, la madre invece sembra capire cosa dice. Interpreta il tono e l'intenzione, la frequenza del gemito, a seconda di piccole variazioni decide se darle da bere, darle da mangiare, girarla su un fianco, accarezzarle i capelli o leggerle una favola. Credo siano qui per dei controlli periodici, non so, sono le uniche che sono trattate dalle infermiere e dai medici come se questo posto non fosse un accidente temporaneo, un passaggio imprevisto, ma una specie di seconda casa.

La madre che non dice una parola, a volte, ci guarda quasi non avessimo diritto di stare qui. È solo un'impressione, mi rendo conto, ma le impressioni hanno presa facile su un senso di colpa pronto ad accoglierle.

Dentro di me, mi dico che posso capirla.

Perché una malattia capita, un danno succede, un tumore arriva, il corpo è un campo con l'erba alta costellato di mine. Ma quando si tratta di ragazze e ragazzi che si danneggiano, che una mina la calpestano in maniera apparentemente volontaria, che si fanno saltare in aria da soli, è facile pensare che stiano usurpando le cure e le attenzioni che ricevono. Soprattutto se sei una madre che lotta disperatamente per salvare una figlia nata con un problema, per darle una parvenza di vita. Come puoi comprendere chi, la sua vita, invece, sceglie di gettarla o sabotarla? Facciamo fatica perfino noi, che di quei ragazzi e ragazze siamo i genitori.

La verità è che, al di là dei diversi copioni, siamo tutti qui per lo stesso motivo.

Siamo qui per tenerli al mondo.

– Un anoressico depresso nelle fasi di down è come fosse senza pelle, – mi ha detto stamattina lo psichiatra. – I nuovi farmaci faranno il loro, però non deve aspettarsi cambiamenti rapidi.

Io ho pensato ma quali rapidi, Tommy è cosí da piú di due anni. Che poi, la depressione ho difficoltà a capirla. È un limite mio, lo riconosco. Il fatto è che tante malattie si somigliano, tipo, non so: i calcoli renali. Io ce li ho avuti, i calcoli renali, e quando mi hanno ricoverato ero in camera con un tizio piú giovane che li aveva a sua volta, e quel tipo di bruciore sordo e quelle coltellate nel fianco, e poi la nausea che ti spezzava il fiato e la sensazione di avere venti chili appoggiati sull'inguine li ricordo con precisione. Poi io, fra i due, ero stato meglio prima, e allora rassicuravo il tizio piú giovane e gli spiegavo cosa lo stava aspettando e gli dicevo di non preoccuparsi, che sarebbe passata pure per lui. Perché i calcoli renali provocano vicinanza e comprensione, anche fra generazioni diverse, anche fra donne e uomini.

Ma la depressione non somiglia ai calcoli renali, e nemmeno alla polmonite o a un glaucoma. Questo l'ho capito. La depressione, se ce l'hai, o l'hai avuta, non significa che puoi comprendere quella di un altro. Al massimo può scattare l'empatia, perché sai come si sta a essere depressi, ma non potrai mai conoscere il modo in cui un'altra persona la vive. È un male insidioso, liquido, che assume la tua forma.

La depressione, proprio come l'anoressia, è un male su misura.

– Anche l'amore, – ha detto Amelia, quando ci è capitato di parlarne.

– Cosa? – ho chiesto.

– Anche l'amore calza a ciascuno in maniera diversa, no? – ha detto lei. – L'amore è un bene su misura.

11.
Il tempo che abiti in mia assenza

Sei in seconda elementare. Tutte le mattine esci con il tuo zaino sempre troppo pesante, il tuo giubbino rosso con la cerniera tirata su per metà e il berretto dei Pokemon in testa, pronto ad andare nel mondo senza di me.

Spesso mi perdo a immaginare il tuo ingresso in classe, quando ti vedo sparire su per la scalinata di pietra chiara, immagino la maniera in cui appenderai il giubbino, la tua reazione al suono della prima campanella, l'arrivo delle maestre, tirate fuori il quaderno, aprite il sussidiario a pagina ventisette, verso le undici ti vedo a ricreazione in cortile, oppure nei corridoi, i discorsi le confidenze le corse le risate, chissà se qualche bulletto ti prenderà di mira, se reagirai con fermezza o spavento o sorpresa, vedo il tuo ritorno a casa mentre io sono ancora in ufficio, i pochi compiti nel pomeriggio, fatti seduto per terra davanti alla tivú.

M'immagino il tempo che abiti in mia assenza, seguo con gli occhi il corso dei tuoi pensieri, mi calo nel loro stupore che diventa il mio, esserti padre è accedere di nuovo a un mondo di prime volte, è tornare in un posto che mi manca illudendomi di conoscere, stavolta, le risposte giuste, credendo di avere meno paura, di poter stare piú attento, di poter fare qualcosa, riuscire ad attutire le cadute, curare le ferite, non so ancora che la ferita piú grande sei tu, che amarti significa accoglierla, che i padri nascono per sanguinare in silenzio, che certi sorrisi di bambino sono solo lame in attesa del buio.

12.
«Go away»

Qui la parte piú difficile è la notte, la terra del dormiveglia, dei sonni inquieti e intermittenti che fanno affiorare ricordi malconci, desideri intimiditi.

Apro gli occhi sulla poltrona-letto di pelle dura, mi tiro su. Mi ricordo che stamattina devono venire a prenderlo per nuovi esami, vogliono accertarsi che l'intestino sia a posto e vedere le proteine e Dio sa cosa. Tommy è nel letto accanto a me, dorme ancora, le sue caviglie magre spuntano dai pantaloni della tuta come due radici secche da un buco nel muro. Ascolto mio figlio respirare per un po', nel silenzio bianco del mattino interrotto da carrelli ospedalieri che cigolano, porte che si chiudono, colpi di tosse che schiantano, lamenti confusi in lontananza. Provo a svegliarlo piano, prima che lo faccia l'infermiera o qualche medico con malagrazia.

– Ehi, – sussurro. – Tom, fra pochi minuti arrivano per portarti giú.

– Mh, – dice lui, senza muoversi, senza voltarsi, la voce ancora impastata dal sonno. – Ha chiamato mamma?

– Ah, no, – dico. – Ma adesso è presto, piú tardi lo farà di sicuro.

Si tira su, la flebo ondeggia attaccata al braccio.

– Devi andare in bagno? Forse ti conviene aspettare un attimo, non so se abbiano bisogno anche delle urine.

Parlare con lui, qui, spesso si riduce a un elenco di istruzioni. Non posso chiedergli cosa pensi, non posso chiedere perché, lo psichiatra mi ha consigliato di non affrontare l'argomento a meno che non sia lui a farlo. «Non bisogna forzarlo, – dice. – Magari prenda appunti su ciò che vede, – mi ha suggerito il primo giorno, – tenga un quaderno in cui segnarsi i progressi o le resistenze che le sembra di notare in Tommy. Bisogna evitare che si senta assediato o aggredito, occorre dargli spazio e osservarlo in silenzio». Ma quale aggredito, ho pensato. Io sono quello che lo protegge da sé stesso.

Tommy si alza senza preavviso e si siede sul letto, gli auricolari affondati nelle orecchie da ieri sera.

L'infermiera Perla entra con un tempismo a orologeria, gli porge un bicchierino, gli chiede di andare in bagno e riempirlo, lo fa come se stesse intonando una filastrocca, poi dovrà prelevargli tre campioni di sangue, infine lo accompagnerà a fare un'ecografia.

– Lei, papà, non serve che venga, – dice.

– Cosa? – domando. – È sicura? Non so se…

– Pa', vai a farti un giro, – dice Tommy entrando in bagno col contenitore per le urine in mano. Guardo Perla, perché il tutore legale non dovrebbe allontanarsi troppo dal minore, ma lei annuisce.

Chiedo il permesso di scendere giú, al bar dell'ospedale, a mangiare una brioche vera. Mi viene accordato un quarto d'ora.

Arrivo al bar e mi siedo nell'atrio. Butto indietro la testa, chiudo gli occhi, un grido acuto me li fa riaprire. Tre tavolini piú in là, c'è un padre che gioca con la sua bambina. Li riconosco, li ho incrociati qualche tempo fa in pediatria. La bambina avrà forse sei anni, ignoro di che soffra, si arrampica addosso al padre mentre lui cerca di addentare un pezzo di torta. Li sento ridere fin da qui. Il padre la tiene sulle ginocchia, con una mano le fa il solletico su un fianco e con l'altra stringe la forchetta di plastica. La bambina cerca di mordere il padre sul naso, lancia la testa in avanti con piccoli movimenti rapidissimi che la fanno somigliare a un serpente quando punta la preda, lui si sposta e sorride, agita in aria la forchetta dicendo alla bambina: – *Lucy, go away, go away!* – Io vorrei andare a dire al padre di non mandarla via, perché arriverà troppo presto il giorno in cui gli mancherà per il resto della vita quel tipo di amore, quello senza condizioni, quello solo perché sei tu. Il giorno in cui la sua bambina smetterà di salirgli sulle ginocchia lui lo cercherà invano altrove, quell'amore lí, senza trovarlo mai, perché non esiste da nessun'altra parte. Capisco che non c'è bisogno di dirgli niente quando posa la forchetta nel piatto, e lo vedo alzare il braccio destro, e io penso che sia per sollevare Lucy dalle sue ginocchia e farla scendere.

Invece è perché una mano sola, per stringere la sua bambina, non era mica abbastanza.

13.

«Daimon»

Hai otto anni e tua madre e io a volte litighiamo.

La tua educazione non fa che esasperare le nostre differenze. Perché sulla carta è tutto semplice e lineare, si è sempre d'accordo, si vuole solo il tuo meglio. Ma, ai miei occhi, lei con te è troppo permissiva. Ti vede come un germoglio pronto a sbocciare, a cui è sufficiente fornire acqua e una giusta esposizione solare. Questo è ciò che, secondo lei, ti permetterà di essere realizzato e felice. Io, al contrario, mi chiedo se non serva un sostegno per orientarti, per fornirti una direzione, per essere lí a tenerti su quando il vento forte proverà a piegarti a terra.

Il fatto è che io non credo nel *daimon*, o nel talento, non credo nella scintilla, credo solo nel lavoro. Soprattutto, non penso che essere liberi, nella vita, basti per essere felici. Vorrei prepararti alla fatica, fornirti strumenti per difenderti, ecco cos'è, per me, favorire una fioritura. Ecco il mio modo di starti accanto. Tua madre invece mi dice che sono ossessivo. Lo fa canzonandomi, non c'è cattiveria nel suo tono, ma la verità è che, sia pur scherzando, mi accusa di volerti rendere una persona diversa da quella che sei.

– Tu vorresti insegnargli a farsela sotto dalla paura, – dice.

– È esattamente il contrario! – dico. – Io vorrei che fosse pronto al peggio, che fosse in grado di cavarsela in ogni situazione. Cosa c'è di male in questo?

Tua madre si avvicina, mi poggia una mano sulla guancia, mi guarda.

– Tano, tu non sei tuo padre.

– Cosa?

– Forse non devi salvarlo da quel che tu non hai avuto. Forse tuo figlio non ha bisogno di ciò che è mancato a te.

14.

Ragazzi spaventati

Eva ha sedici anni, capelli rosa e asimmetrici che ha tagliato da sola con forbici da cucina, davanti allo specchio del bagno, un viso rotondo, la pelle morbida e lattiginosa, di cera. La luce che irradia non riesce a esser offuscata dal suo sabotarsi, dai chili in eccesso, dalla voracità inesausta.

Eva e Tommy sono arrivati qui insieme, dopo essersi visti al pronto soccorso, e dopo avere sperimentato una lavanda gastrica a distanza di pochi minuti. Poco per dire che siano amici, troppo per affermare che siano sconosciuti. Ma ogni tanto parlano. Non sappiamo di preciso che cosa si dicano.

Tommy va a trovarla nella sua stanza, si siede sul suo letto. A vederli dal corridoio, sembrano due foglie in bilico sullo stesso ramo, sole al cospetto del vuoto, emanano una bellezza autunnale e malinconica che fa a pugni con la loro giovane età. Ma la bellezza degli adolescenti, va detto, spesso è triste proprio perché è una grazia fragile, transitoria, destinata ad appassire o cadere per lasciar posto a quel che sarà.

Seduti una di fronte all'altro, la sproporzione dei loro corpi è evidente. Lui è magro e curvo come un giunco inclinato dalla brezza marina, lei è piú grossa, sovrabbondante, l'impressione è che, se volesse, potrebbe spezzare mio figlio con una carezza troppo energica.

Amelia e io ci raccontiamo: pensa che roba se in un posto cosí nascesse qualcosa fra loro due, improbabili e danneggiati, materia di scarto per il mondo dei vittoriosi, eppure qui speculari e sontuosi nelle loro sconfitte. Le visite fra giovani pazienti, fra una stanza e l'altra, non sono viste molto di buon occhio dalle infermiere, perché non si sa che tipo di conseguenze gli incontri potrebbero innescare, in menti già provate. Per questo i genitori vigilano fuori dalla porta, passeggiano nei pressi, fingono telefonate, intercettano scorci di mani che gesticolano, di labbra che si muovono, pronti a cavare speranza da un brandello di sorriso.

Quando Tommy esce cerco di avviare una conversazione, del tutto consapevole dell'inutilità dei miei tentativi.

– È simpatica, vero?

– Mh.

– Come sta?

– Pa', come vuoi che stia?

– Okay, immagino. Lo chiedevo perché magari, non so, ti ha confidato qualcosa di particolare.

– Se me lo avesse confidato sarebbero affari nostri, no?

– Certo, certo, – dico. – E invece tu? Come ti senti oggi?

– Sono solo... stanco.

– Torniamo in stanza, dài.

– Pa'.

– Sí?

– Io lo so che tu sei solo preoccupato, ma potresti smetterla di starmi addosso?

Mi fermo, lo guardo.

– Be', no, scusami, – dico. – Qui non posso proprio evitarlo.

– Ma è tutta la vita che lo fai. Non hai ancora capito che non serve a niente?

– Tom, io prometto di impegnarmi a non assillarti, va bene, però entrambi dovremo fare uno sforzo per cercare di parlarci. Dobbiamo trovare una soluzione, e pure tu devi fare la tua parte, per favore.

– Okay. Hai finito?

Al contrario di quanto pensi, invecchiare non è una questione di anni, o di esperienza. Perché, sí, ho capelli piú radi dei tuoi, la barba grigia, una ragnatela di rughe attorno al viso, sono cringe e credo in cose che forse ti sembrano stupide, ma anche se sono nato piú di trent'anni prima di te, non considerarmi un vecchio rincoglionito impiccione, un fastidio o un nemico. In realtà, siamo entrambi due ragazzi spaventati.

Questo, vorrei dire a mio figlio.

Invece rientriamo in stanza in silenzio.

Nel letto accanto a quello di Tommy, prima libero, c'è sdraiato un nuovo ospite.

15.

L'adolescenza è una nostalgia

Giacomo ha diciassette anni e si è buttato dalla finestra del bagno della scuola.

È tutto ciò che sappiamo in merito. Lo abbiamo saputo da sua madre.

La cosa triste è che, quando ce lo ha detto, si capiva dai suoi occhi che era tutto ciò che sapeva pure lei.

Gli occhi di chi ha un figlio che ha tentato il suicidio li riconosci subito.

Sono velati da una forma specifica di spavento, dietro la quale s'intravede una fioca luce disperata, a volte perfino un'inspiegabile venatura di vergogna. Sono gli occhi di chi è stato messo davanti alla paura piú grande. Quando l'hai vista, il tuo sguardo non potrà mai piú essere quello di prima.

Giacomo, da oggi, è il nostro nuovo compagno di stanza. Ha il braccio e la clavicola fasciati.

La caduta, per fortuna, non gli è stata fatale. Si è gettato dal secondo piano, quindi forse non voleva farla finita sul serio. Ma qui non conta l'altezza, conta l'intenzione. Conta l'agíto.

Una volta un medico mi ha detto che i ragazzi si suicidano di piú in primavera.

Gli ho chiesto il motivo, e lui mi ha spiegato che non riescono a sopportare che il mondo intero rinasca a parte loro. È una buona risposta, ma la verità è che nessuno sa cosa passi per la testa di un adolescente che prende una decisione del genere. Spesso non è neanche una decisione, è l'impulso di un attimo. E, comunque, adesso siamo a ottobre.

Giacomo è espansivo. Ha un viso dai lineamenti femminili tormentato dall'acne, capelli blu schiacciati sulla fronte. Non ha lo sguardo spento che ti aspetteresti da un adolescente che si è lanciato nel vuoto. Al contrario. Pare un ragazzo vitale, ha l'aria di uno che è stato ricoverato nel reparto sbagliato per carenza di posti letto. Probabilmente, è solo l'abitudine a indossare una maschera.

Giacomo e Tommy hanno attaccato bottone subito. Si sono annusati, si sono riconosciuti. A essere onesti, mi sorprende che due pazienti con la loro storia siano stati messi in camera assieme. Di solito si cerca, come dire, di mescolare un po' le carte, di differenziare le età, insomma di non mettere a contatto situazioni che potrebbero alimentarsi a vicenda. Eppure, in qualche strana maniera, la loro vicinanza pare invece benefica. Forse si specchiano nelle rispettive difficoltà. Forse ritrovare la propria tragedia negli occhi dell'altro li fa sentire compresi.

L'anno scorso lo psicologo di Tommy mi ha detto una cosa che, non a caso, mi torna in mente adesso.

Gli stavo dicendo delle difficoltà di comunicazione con mio figlio, che non lo capisco piú, che in pratica non riesco piú a parlargli. Perché ogni volta che ci provo lui si ritrae, oppure risponde a monosillabi.

– Dov'è finito, il mio bambino? Chi è questo mostro che sembra averlo inghiottito? – chiedevo.

– Il guaio con i bambini è che crescono, – ha detto lui. – E possono essere crudeli, i bambini che crescono. Ti esasperano, ti evitano, soprattutto quando stanno male, hanno bisogno di te ma non ti vogliono accanto, desiderano la tua presenza ma ti impongono una distanza.

– Eh, ma allora che cosa dobbiamo fare?

– Vede, l'adolescenza è come una nostalgia: voi rimpiangete l'innocenza della loro infanzia, loro rimpiangono il sentirsi adatti e compresi. È questa la sola cosa che genitori e figli hanno davvero in comune, – ha detto. – Questa, e un'altra.

– E cioè?

– E cioè che adolescente e adulto sono due facce della stessa moneta. Hanno addirittura la medesima radice. Però adulto è un participio passato. Mentre adolescente è un participio presente. Capisce che voglio dire?

– No.

– L'adulto parla con l'esperienza. L'adolescente parla con la sofferenza. La sofferenza è il loro qui, l'adesso, il presente. È l'unico tempo che un adolescente sperimenta e che è in grado di capire. L'adulto, no. Ecco il problema.

– L'esperienza degli adulti è un problema?

– In parte, sí. Perché l'esperienza ti dice che tutto, o quasi, passa. Che le sfide si vincono oppure si perdono, ma comunque si superano. E che se oggi stai male, fra un anno potresti stare meglio.

– Non sono sicuro di seguirla.

– Quando un adulto cerca di far sentire meglio un adolescente che soffre, per prima cosa prova a confortarlo. Gli dice che lo capisce, che ci è passato anche lui, ma gli assicura che non sarà sempre cosí, che il dolore finirà. L'adulto cerca di lenire il dramma presente di un ragazzo, o di una ragazza, parlandogli del futuro, promettendo l'arrivo di un tempo in cui le cose non saranno solo diverse, ma migliori. Ed è per questo che gli adolescenti non ci credono. Perché loro chiedono risposte per stare meglio adesso, qui, subito. Vogliono soluzioni immediate. Non gli interessa del futuro. Non gli importa di sapere che fra due anni, o tre, potrebbero essere addirittura felici. E però noi adulti, quelle soluzioni, non siamo quasi mai in grado di darle.

– E quindi?

– E quindi: ecco perché non riesce piú a parlare con suo figlio. Perché suo figlio ritiene che lei non abbia nulla di davvero utile da dirgli. E forse, in fondo, mi creda, la parte piú difficile del mestiere di genitore è proprio questa.

– Non servire a niente?

– Amare chi non si fida piú di noi.

16.

Carta sbiadita

Ti guardo crescere mentre rispetti la mia volontà, poi mentre la tradisci.

Per quanto io cerchi di premiare il secondo comportamento, per favorire la tua autonomia, inconsciamente incoraggio il primo.

Perché la verità è che mi piace che tu sia un bravo bambino, che tu prenda bei voti a scuola, che tu sia addirittura il migliore della classe. Che tu mi renda orgoglioso. Conferma la mia convinzione di star facendo bene, di essere un buon padre. Conferma in te l'idea di essere un bravo figlio. Non hai scampo davanti a questo subliminale ricatto affettivo.

Sei all'inizio della scuola media quando arriva la prima, piccola crisi. Quando ci rendiamo conto che dei voti t'interessa troppo.

– Sai che mi ha detto, oggi? – mi fa tua madre.

– Cosa?

– Vuole avere la pagella piú alta dell'intera scuola. E, credimi, io penso che potrebbe farcela sul serio.

– Be', bene, no?

– No.

– Eh? Che vuoi dire?

– Che la mattina si sveglia alle sei e mezza per ripassare, perdendo un'ora di sonno, si porta libri e quaderni durante i viaggi in auto, ripassa mentre guarda la tivú e spesso dopo cena va in ansia e non si perdona se non riesce a ottenere il massimo da sé stesso.

– Esagerata. Lo fa solo di tanto in tanto. E poi, significa che ci tiene, che c'è di male?

– Che ha undici anni. E nessuno in questa famiglia ha mai preteso che fosse il primo, nessuno l'ha educato all'eccellenza o morte, giusto? Dunque: perché lo fa?

– Non capisco dove vuoi arrivare. Lo fa perché è un perfezionista, perché è uno che s'impegna, adesso non sarà mica un difetto.

– Lo fa perché vuole essere amato.

– Ma se lo amiamo sopra ogni cosa!

– Sí, però gli abbiamo fatto credere che l'amore c'entri con il merito, capisci? Che gli vorremo piú bene se farà le cose giuste, se asseconderà le aspettative, se riuscirà a suscitare quella scintilla di orgoglio nel tuo sguardo.

– Ma gli abbiamo fatto credere chi? Quando?

– Ogni volta che lo festeggiavamo per un successo, ogni volta che scherzando, dopo un nove, gli dicevi: e alla prossima dieci! Ogni volta che preferiva stare a casa a studiare, invece che uscire al parco con gli altri.

– Si chiama rinforzo positivo. E poi che dovremmo fare, insultarlo se eccelle?

– Ma no, non si tratta di questo… È solo che.

– Solo che?

– Che accadrà quando fallirà? Quando le cose non andranno come si aspetta? Quando l'impegno non basterà piú?

– Succederà che imparerà, suppongo.

– Ma lui non lo sa.

– Cosa?

– Non lo sa che da un fallimento si può imparare. La frustrazione vincerà, vedrà solo quella.

Ripenso all'indifferenza di mio padre per tutto. A quando mi diceva che studiare era solo il mio dovere. Ai suoi silenzi che dovevo continuamente interpretare, perfino davanti a risultati brillanti. Ma la verità è che da interpretare non c'era niente. E capisco che, nel tentativo di evitare un precipizio, sono finito dentro un altro.

Ecco la ragione per cui, a undici anni, in un pomeriggio di maggio, ti abbraccio e ti auguro di prendere un brutto voto.

Non è che te lo auguri davvero, piú che altro ti garantisco che succederà. Perché a volte, anche se ti impegni con tutto te stesso, può accadere una cosa che non ti aspetti. O che il tuo meglio non sia sufficiente. Altre volte è la vita a essere ingiusta, perché non è sempre vero che i migliori ce la fanno. E allora ti dico di prepararti a questo, e di chiederti che farai il giorno in cui succederà. Perché non si tratta di se, ma di quando.

Ed è lí che tu mi guardi serio e, con il candore e la risolutezza della tua età, mi dici: – Non voglio che succeda.

E allora mi tocca precisare che la vita, ahimè, se ne frega di quel che vuoi, che le cose capitano e basta. E che in ogni caso questa ossessione per i voti è assurda, perché la verità è che non contano niente, non sono quelli a dire chi sei. E mentre lo dico, però, mi sento un terribile ipocrita, perché ti sto dicendo una pietosa bugia.

I voti, purtroppo, contano eccome. Contano, per certi versi, in questa maledetta società, piú di tutto il resto. E forse è proprio questo il problema.

Credere che i voti risolvano tutto, che possano cancellare il bambino o la bambina fragili e affamati d'amore che li ricevono, pensare che possano risarcirli o domarli.

Invece quello che cancelli non scompare, anzi resta piú forte, cancellarlo è solo nascondere una voce che ti sforzi di non sentire, ma l'incisione della matita resta in trasparenza, nel punto in cui la carta rimane sbiadita, leggermente consumata, e quando cancelli con troppa foga può accadere che il foglio si strappi, e l'errore che non volevi vedere diventa un buco, una ferita, la traccia indelebile di ciò che speravi di occultare o di spegnere, un affaccio sulla parte piú vera di te.

17.

Gap

Giacomo riesce a parlare con Tommy. È una buona cosa. Quando parte è un fiume in piena, riempie di parole ogni spazio, ogni interstizio, sembra di avere in camera una radiolina sempre accesa.

È stato cosí fin dal primo incontro.

Ha cominciato a scalpitare non appena mio figlio e io siamo rientrati in stanza. Era evidente che voleva fare amicizia, ma anche che avrebbe preferito parlare con Tommy senza me e sua madre fra i piedi. Sono bastati pochi minuti per capire che non li avremmo lasciati soli.

Giacomo allora si è alzato dal letto e si è seduto su quello di mio figlio, che l'ha guardato sorpreso. Prima che Tommy potesse aprir bocca, il nuovo arrivato ha infilato una mano dietro la schiena, e come un prestigiatore ha estratto dall'elastico dei pantaloni un berrettino verde con visiera, se lo è infilato in testa e ha allargato le braccia.

– *Ta-daan!* – ha detto.

Tommy all'inizio lo ha fissato senza capire, io ho fatto lo stesso, la madre invece ha abbassato gli occhi.

– Quindi? – ha detto mio figlio.

– Cioè? Non mi riconosci?

– … no?

– Ma come, sono Gap! – ha insistito.

Tommy si è voltato verso di me, in cerca di aiuto. I suoi occhi dicevano «confermami che non sono io».

– Cioè, non hai mai visto un mio video? Avevo trecentomila follower!

Giacomo ha scrollato le spalle, sotto lo sguardo incredulo dell'altro.

– Non so, fra', io sono un 2007, magari è quello.

– Ma dài? Ti avrei dato minimo due anni in piú.

Per mitigare l'imbarazzo sono intervenuto io.

– Se ti domando quali video, faccio la parte del boomer? – ho chiesto.

Sulle prime, pareva che al ragazzo non importasse molto di aver cambiato interlocutore, ha esibito un sorriso perfettamente studiato, ha indicato il suo cappellino e ha ripetuto: «GAP!», come se pronunciare il nome piú forte potesse sortire in me un effetto diverso.

– *Giacomo Against Pandemia*, – ha precisato. – Che poi, è un gioco di parole, no? Perché il «gap» vero c'era tra quello che eravamo abituati a fare e quello che facevo io, durante il lockdown.

È stato a quel punto che ha interpellato sua madre.

– Posso? – ha chiesto, quasi col tono di una supplica.

La mamma si è presa un secondo di troppo, prima di rispondere. – Uno solo, però, – ha detto con aria di rassegnazione.

Giacomo è scattato in piedi ed è corso al suo comodino, ne ha tirato fuori lo smartphone, è andato di nuovo a sedersi accanto a Tommy, io mi sono avvicinato per assistere.

Sullo schermo del telefono hanno iniziato a comparire una serie di anteprime video, in tutte Giacomo indossava l'immancabile cappellino verde. Il ragazzo le ha fatte scorrere febbrilmente, fino a quando non ha trovato quella che cercava e ha fatto partire il filmato.

È apparsa una scritta su sfondo nero: «La Champions nella vita normale». Pochi secondi di una partita di calcio in cui non sono riuscito a riconoscere le squadre. Quindi una seconda scritta: «La Champions ai tempi del Covid». Lí si vedeva Giacomo sul balcone di casa, che giocava una partita contro alcune piante in vaso che simulavano i giocatori avversari, lo stendibiancheria fungeva da porta e il motore esterno del condizionatore era l'arbitro. La palla era fatta con la carta alluminio per alimenti. Nel video, il contrasto fra la scena e l'espressione serissima di Giacomo risultava davvero comico. Mi è scappato da ridere, perfino Tommy ha accennato qualcosa di simile a un sorriso.

– Idea molto carina, – ho commentato.

– Grazie, – ha detto. – Durante la pandemia ho cercato di rifare tutto in versione Gap. Andare al cinema, fare serata con gli amici, una sessione di jogging, perfino il catcalling alle tipe, quel video in particolare ha avuto un botto di Like e di condivisioni. Ma davvero non ne avevate mai visto uno? – ha aggiunto infine, con un fondo di urgenza nella voce.

– Io sono un vecchio, – mi sono giustificato, alzando le mani.

Ho guardato Tommy. Avrei voluto esortarlo a dire una parola gentile, concedere al ragazzo una minima apertura, perché so quanto può essere spiacevole se vuole. Non ce n'è stato bisogno.

– Ora che ci penso, forse qualcosa ho visto girare, – lo ha rassicurato. – Ma la roba buffa non è tanto la mia, perciò di norma, se ci capito su, *skippo*. Niente di personale.

– Ti capisco, anch'io non sopporto parecchie cose. Quelli che non fanno ridere, per esempio, quelli tutti uguali, quelli che non capiscono che gli mancano proprio i tempi. E poi le supervip che postano indignate i reel per le file in aeroporto, o in cui frignano perché all'ingresso di una disco non le hanno fatte passare prima. E un mucchio di altra roba.

– Però tu sei bravo, – sono intervenuto ancora io. – Quanti anni avevi? Si vede che eri piú piccolo. Sono del 2020?

– Piú 2021. Avevo quasi quindici anni.

– Complimenti, – ho detto, – mi pare un bel talento.

Tommy mi ha guardato, io ho guardato la madre di Giacomo, pensando che il complimento potesse far piacere pure a lei. Invece, sembrava che non stesse nemmeno seguendo il dialogo, si mordicchiava il labbro superiore guardando verso il corridoio, appoggiata alla parete, distratta.

– Gap, eh? – ha ripetuto Tommy, fissando Giacomo, senza alcun timore reverenziale. – È un gran nome, anche senza la storia dell'acronimo. Una figata, insomma. Hai anche una *tag*?

– Sai che no? Avevo pensato di crearmene una, ne ho pure commissionata qualche versione a un paio di artisti, ma nessuna mi ha mai convinto.

È stato forse quello il momento in cui ho percepito l'accorciamento definitivo della distanza fra i due, di gran lunga il miglior risultato della giornata fino a lí. Mi sono avvicinato alla madre, sulla porta della stanza, come per dar loro un po' di aria.

– Comunque io sono Tano, – piacere, ho detto.

– Giulia, – ha detto lei, con una voce che si sentiva appena.

– È un ragazzo in gamba.

– È stato un piccolo fenomeno, – ha risposto fissando il pavimento.

Siamo restati cosí per un po', i nostri figli in sottofondo che parlavano sempre piú fitto, tra noi una punta di imbarazzo per la vicinanza obbligata, l'intimità forzata che ci attendeva, sapevamo che sarebbe durata per qualche giorno almeno. Poi lei ha mosso un passo che l'ha portata fuori dalla stanza, si è voltata un istante verso il figlio, quasi a volersi sincerare che fosse ancora lí. L'ho preso come un invito, mi sono avvicinato.

– Non erano trecentomila, – ha ricominciato dal nulla, a bassa voce.

– Che?

– I follower. Erano duecentomila e qualcosa.

Ho annuito educatamente, anche se non mi pareva un dato rilevante, ma in quella sua inutile precisazione ho intravisto l'indizio di un'apertura, la necessità di uno spiraglio per non soffocare. Conosco bene quel tipo di bisogno, ho atteso in silenzio che arrivasse il resto.

– Con il primo lockdown ho considerato una manna la presenza del cellulare, – ha detto quasi sussurrando. – Noi abitiamo in condominio, in un piccolo appartamento, c'era poco da fare, costretti in casa. Ma Giacomo è sempre stato un ragazzino pieno di fantasia e di idee, ero sicura che qualcosa si sarebbe inventato. E si è inventato Gap. In principio faceva i video per la famiglia, li mandava ai nonni, ai compagni, agli amici. Poi ha cominciato a postarli, lo hanno fatto migliaia di ragazzi, in quel periodo. Alcuni erano davvero divertenti, ricordo che c'erano giornate in cui eravamo noi i primi ad aspettare che pubblicasse un contenuto nuovo.

– Be', ciascuno di noi ha trovato le proprie strategie di sopravvivenza, – ho detto. – Ma per loro è stato tutto piú difficile.

– Il consenso è cresciuto piano, – ha proseguito, – finché d'un tratto è esploso e lo ha travolto come un'onda. Sono spuntati un paio di sponsor, uno gli ha fatto avere un cellulare migliore e qualche attrezzatura professionale. Gli hanno spiegato in che modo monetizzare attraverso le varie piattaforme.

– Mi pare una bella storia, – ho detto.

– E lui si divertiva, girava i video, li montava, li caricava online. È stata davvero la scoperta di una vocazione, la sua. Ha cominciato a dire, a convincersi che nella vita avrebbe fatto quello. E a un certo punto, purtroppo, la pandemia è finita.

Quel «purtroppo» è suonato come uno strappo talmente inatteso che, per un attimo, ho pensato di essermi immaginato la parola. Lei si è voltata ancora verso Tommy e Giacomo, seduti a chiacchierare sul letto accanto alla finestra, poi ha fatto un altro passo fuori dalla porta, quasi barcollando, come se non fosse sicura di riuscire a camminare. L'ho seguita.

– Il fatto è che, finita l'emergenza, la formula aveva perso efficacia. Non aveva senso ingegnarsi a creare una vita divertente da reclusi, ora che la vita ce l'avevano restituita, – ha continuato. – Giacomo ha cercato di farsi venire un'idea altrettanto efficace, ne ha avute un paio di carine, ma nessuna potente al pari di quell'ingenuo inizio. I follower forse hanno... percepito questo suo dibattersi, o forse sono solo passati oltre, alla ricerca di novità, perché Gap ormai non lo era piú. In principio si è semplicemente arrestata la loro crescita, in seguito i numeri hanno cominciato a calare, sempre piú in fretta. Non pensavamo che lui ne avrebbe fatto un dramma, credevamo che sarebbe stato felice di riprendere la vita di prima. Ma non c'era piú, la vita di prima. E in quei mesi chiuso in casa, i video lo avevano assorbito a tal punto, rappresentavano la sua promessa, era cosí convinto che sarebbe diventato una webstar, che ha allontanato tutti. E, sa, i ragazzini non perdonano. Anzi, sanno essere feroci.

– Sí, so cosa intende.

– Sembrava talmente contento, durante la pandemia. Per lui quei video erano tutto. Il presente, il futuro... –

ha detto scuotendo la testa. – Non ne fa piú uno da quasi un anno. A sentir lui, invece, l'ultimo lo ha fatto ieri.

Si è voltata verso Giacomo, all'interno della stanza, mi sono girato anch'io. Lui e Tommy erano ancora seduti uno di fronte all'altro, non era possibile sentire che cosa si stessero dicendo, ma Giulia ha fatto una faccia, pareva aver riconosciuto, sul viso di Giacomo, un'ombra che non avrebbe voluto vedere.

– Mio figlio è ancora là, – ha proseguito, – sul nostro balcone, in pieno lockdown. Il sorridente «Gap», questo è ciò che si sforza di mostrare. Ma quello che vediamo io e mio marito, tutti i giorni, è solo un involucro pieno di parole. E sono cosí tante, le parole che mette in fila, che ormai non riusciamo piú a scorgere quel che c'è dietro. Sempre che ci sia ancora qualcosa.

Mi ha appoggiato la mano sul braccio, l'ha stretto per un secondo.

– Scusi, – ha detto.

– E di che, – ho detto io.

Siamo rimasti lí, a guardare i nostri figli incorniciati dalla porta, come se stessimo ammirando una vecchia fotografia, ricordo di un tempo che ormai non c'era piú.

18.

Post-it

Sono in cucina, ti sto preparando la colazione, tu arrivi già pronto per la scuola, ti avvicini con una mano dietro la schiena, poi mi appiccichi un post-it giallo sul petto. Lo stacco, lo volto.

Sul post-it c'è scritto: «IMPORTANTE! NON METTERMI PIÚ LA FELPA COSÍ IN ALTO PERCHÉ NON CI ARRIVO!»

Mi viene da ridere, è una cosa che continui a dirmi, vado all'attaccapanni e ti prendo la felpa.

Penso che stanotte, mentre dormirai, ti infilerò un post-it azzurro sotto al cuscino.

Il mio post-it dirà: te la metto sempre cosí in alto perché temo il giorno in cui non avrai piú bisogno di me.

19.

La colpa è sempre dei genitori

Tommy si è addormentato, anche se sono solo le quattro di pomeriggio. È il suo modo per dire che ha raggiunto il limite. Che della realtà non vuole saperne piú niente. Io sono qua fuori, nel corridoio del reparto, sto provando a chiamare Grazia che risulta non raggiungibile. Mi infilo il telefono in tasca, mi appoggio al muro. Due voci filtrano da una porta socchiusa.

– E quindi, in pratica, sarebbe stata la pandemia? – dice la voce di Franco, il padre manager.

– È stata una difficoltà in piú, sicuramente, – dice l'altra voce.

– E allora i miei, che sono stati bambini durante la guerra, che dovrebbero dire?

– Sono due situazioni molto diverse, – dice la voce.

– Sono due situazioni diverse sí: in una facevi la fame e rischiavi di morire ogni giorno, nell'altra potevi stare sul divano a giocare alla Play, ingozzandoti di patatine.

– Non è cosí semplice, signor Brunati.

– È che 'sti ragazzi son cresciuti nella bambagia, dottore, su. Non sono abituati ai sacrifici, non sono abituati alla fatica, e poi quando la vita li mette alle strette pretendono pure di fare le vittime?

– Alcuni lo fanno. A volte, ci sono anche degli autolesionisti manipolatori, è vero. Ma le assicuro che non è il caso di Marika.

– E lei come lo sa?

– Saperlo è il mio lavoro.

– E io sono suo padre, quindi secondo lei chi la conosce meglio?

– Signor Brunati, non è una gara. Io so cose che possono aiutare lei, lei sa cose che potrebbero aiutare noi. Dobbiamo unire le forze. Capisco le sue… perplessità. Ma non è cosí che aiuterà sua figlia.

– E perché dovrei farmelo dire da lei, in che maniera aiutarla? Voi che ci tenete in ostaggio da quasi tre giorni, che ne sapete? Che ne sa di me? Di noi? Tanto lo so come va a finire in posti come questo.

– Come va a finire?

– Che la colpa è sempre dei genitori. Ma io la colpa la rifiuto. Ho sempre dato a mia figlia tutto ciò di cui avevo bisogno, ed ecco il risultato.

– Tutto ciò di cui *aveva* bisogno.

– Eh?

– Mi scusi, correggevo il suo lapsus.

– Il mio… Senta. Non provi a incastrarmi col suo psicologese, che non ci casco.

– Ma nessuno sta cercando di incastrarla, signor Brunati, ci mancherebbe. E nessuno vuole distribuire colpe. Stiamo solo cercando di inquadrare un percorso. Una soluzione.

– A che? Al fatto che si sia inventata 'sta roba del tagliarsi in modo da avere l'alibi per non fare piú un cazzo? Per andare male a scuola? Per essere compatita? Perché le dicano *poverina*?

– Non lo fa per essere compatita, lo fa per lenire il dolore che sente.

– Cioè, si provoca dolore per lenire il dolore? Ma che dice?

– Soprattutto, lo fa per essere vista.

– Vista da chi?

Resto in silenzio, in attesa della risposta, anche se so che non dovrei origliare.

È in quel momento che il mio cellulare suona nella tasca, facendomi sobbalzare.

Sento una sedia strisciare sul pavimento, il rumore di passi che si avvicinano, la porta che si chiude con un *tlac*.

20.

Giallo

– Ehi.

«Ehi. Puoi parlare?»

– Sí, certo, ti avevo chiamata io, ero in corridoio che… Aspetta, mi sposto un po'.

«Come sta?»

– Oggi abbastanza bene. Dobbiamo attendere i risultati degli esami, poi avremo il colloquio con gli psichiatri. Insomma, lo sai.

«Mh».

– E tu, come stai?

«Non ho tempo di pensarci. Le bambine mi occupano la testa e le giornate. Per fortuna».

– Mi mancano.

«Anche tu manchi a loro. Sai che Matilde oggi ha fatto un disegno in cui sei tutto giallo?»

– Davvero? E perché?

«Perché dice che tu sei un papà giallo».

– Oddio. In che senso?

«Dice che il giallo è un colore cosí chiaro che non sempre lo vedi, però c'è lo stesso».

– Ah.

«Secondo me è una bella cosa».

– Se lo dici tu.

«Perdonami se non vengo lí a darti il cambio».

– Ne abbiamo già parlato, va bene cosí.

«Vi hanno dato un orientamento? Vi hanno prospettato qualcosa?»

– No, temo sia ancora presto.

«È il solito casino?»

– È peggio dell'ultima volta, i posti sono tutti occupati, il reparto sembra ogni minuto sul punto di esplodere.

«Mi dispiace».

– Senti, Grazia.

«Sí?»

– Ora devo mettere giú, devo rientrare in camera. Non posso lasciarlo solo troppo a lungo, ero uscito giusto per sentirti un attimo.

«Lo so».

– Anche se in camera con lui ci sono Giulia e Giacomo, ma la cosa non mi tranquillizza piú di tanto.

«Chi?»

– Giulia è la madre di Giacomo. Giacomo è un paziente, ha preso Tommy in simpatia.

«E perché è lí?»

– Uh... Sai che non ho capito bene? Credo abbia semplicemente problemi di gestione dell'ansia, cose cosí, insomma niente di che.

«Okay».

– Dài, ora vado. Bacia le bambine per me. Un bacio giallo, che non si vede ma si sente.

«Riferisco. Comunque, sai».

– Cosa?

«Tu a mentire non sei proprio capace».

– Scusa, – dico, – faccio del mio meglio.

«Sí, – dice lei. – Lo fai».

21.

Poteri nascosti

I giorni di vicinanza forzosa del lockdown, il tempo passato in casa con te, con voi, in misura molto maggiore rispetto a quanto, probabilmente, sarebbe giusto, e sano, e la primavera fuori che è esplosa con un paio di settimane d'anticipo, e i compiti comunque da fare anche se le scuole sono chiuse, e il tempo da riempire senza abbandonarvi davanti a YouTube o a Instagram rendono piú facili le incomprensioni e gli scontri, soprattutto con te. Non ne faccio un dramma, mi dico che è la preadolescenza che spinge, so che è tutto nella norma. Ma ogni volta che litigo con te, o che discuti con tua madre, anche se so che abbiamo ragione, anche se so che lo facciamo per il tuo bene, anche quando so che è importante che io tenga il punto, in realtà faccio sempre il tifo per te, sempre, e devo resistere ogni volta alla tentazione di abbracciarti con pessimo tempismo, fregandomene di tutto, della rispostaccia in sé, dell'educatore in me, della responsabilità che ho di piazzare dei paletti attorno ai quali tu possa strutturare la tua forma, fino al giorno in cui non sarai in grado di reggerti da solo, o almeno questo è ciò che penso. Faccio il tifo per te, perché mi ricordo perfettamente com'è sentirsi sempre troppo, o troppo poco.

E ogni volta penso a quanto sia faticoso il lavoro del genitore quando gli tocca tenere la parte del «cattivo», anche se non vuole, come il *villain* di un film che ha la funzione di far scoprire all'eroe i suoi poteri nascosti, come il vento che mette alla prova la resistenza e la profondità delle radici, come uno che cerca di fare il meglio che può, con i limiti che ha, pregando ogni giorno di riuscire a essere abbastanza, sapendo che probabilmente non lo sarà mai, perché è impossibile essere all'altezza del miracolo che siete, e perché certi giorni, in questo periodo, vorremmo solo gridare insieme a voi.

22.

Voi vi vergognate di me

Eva è seduta sulla poltrona letto di sua madre, ha le gambe incrociate e traffica con due elastici fucsia che cerca di annodare attorno ai capelli. Si sta facendo due piccoli chignon sulla sommità della testa, senza l'ausilio di specchi o di un pettine. Le mani corrono velocissime, si vede che è abituata, dev'essere una pettinatura che si fa spesso.

– Ciao, – dico, restando sulla soglia della stanza.

Mi accorgo subito che Amelia non c'è. La bambina che condivide la stanza con loro sta ascoltando qualcosa nelle cuffie e neanche si accorge di me. Sua madre, o forse sua zia, non ho ancora capito chi sia, legge un libro e mi fa un semplice cenno con la testa.

Eva, invece, si volta verso di me con un sorriso esagerato.

– Cerca la mamma? Sta parlando con i dottori! – dice.

La sua voce è acutissima, squillante, come quella di una bambina. Ha tre fossette, due sulla guancia destra e una sulla sinistra, quando parla le si muovono sulla faccia, sembrano virgole impazzite. Mi chiedo se ci siano sempre state, o se si siano formate con il suo aumento di peso.

Eva, in verità, non sarebbe cosí strabordante come appare, ma c'è un non so che nel suo modo di vestire che ne accentua le pieghe del corpo. La pancia, per esempio, sborda dalla maglietta come un enorme rotolo lucido percorso da striature rosa. Le persone in sovrappeso, di solito, tentano di nascondere il grasso annegando dentro abiti oversize, lei invece pare quasi volerlo esibire.

– Belli, i tuoi codini, – dico per levarmi dall'imbarazzo.

– *Odango!* – risponde.

– Eh?

– Non sono codini, è un'acconciatura *kawaii*, si chiama *odango*!

– Ah, – dico, ma la mia espressione tradisce la mia ignoranza.

– *Kawaii* è giapponese, vuol dire «carino», – chiarisce. – Invece *odango* vuol dire «polpetta», vede?

Ripete la parola accompagnandola con un gesto, si punta gli indici sugli chignon e li rotea senza toccarli.

Sorrido, ma è piú un riflesso, non lo faccio in maniera spontanea.

È che percepisco qualcosa di posticcio, in lei. Nella sua allegria, nell'acconciatura, nella maglietta corta di due taglie piú piccola. Sembra che stia interpretando una parte, è un effetto simile a quello che mi provoca Giacomo.

Mi appoggio alla porta e mi volto a sinistra nel corridoio, sperando di vedere Amelia spuntare, poi torno sulla ragazza che, nel frattempo, ha ripreso ad acconciarsi i capelli. Noto che ha la pelle scarnificata e rossa tutt'intorno alle unghie, come se uno scoiattolo le avesse mordicchiato le falangi. Non è difficile immaginare che lo scoiattolo sia lei.

Non so tutto della sua storia, Amelia me l'ha raccontata un giorno con un incedere fatalista, non c'era quasi tormento nelle sue parole, era come dicesse: è andata cosí e basta.

Eva era una ragazzina uguale a tante. Poi di colpo, senza alcuna spiegazione apparente, ha cominciato a mangiare troppo. Ad assumere peso.

In principio era stata molto attenta, e non se n'era accorto nessuno. Ma la signora delle pulizie in piú di un'occasione aveva confidato ad Amelia di aver trovato carte di merendine sotto al letto. L'avevano ripresa per il disordine, era tanto difficile raggiungere il cestino?, ed era finita lí. A nessuno era venuto in mente di contare gli involucri. Quando finalmente si erano decisi a farlo, la ragazzina era già aumentata di una taglia. Non le stava nemmeno male, mi ha confessato Amelia, perché Eva aveva tratti dolci, capelli lunghi e lisci, pelle chiara, e una maggiore morbidezza le si addiceva.

Poi avevano iniziato a saltar fuori pacchi di merendine da sotto i maglioni, un barattolo di Nutella dal cassetto della scrivania, confezioni di tramezzini comprati chissà dove e nascosti nel cestino del bagno. Il giorno in cui aveva realizzato che il panetto del burro in frigo diminuiva a una velocità preoccupante, Amelia aveva fatto prescrivere alla figlia una serie di esami, temendo che la sua voracità potesse avere una causa organica, magari un principio di ovaio policistico o un problema alla tiroide. Ma i risultati delle analisi erano nella norma, quindi Amelia aveva fissato un appuntamento con il dottore. Già dopo il compimento dei tredici anni, Eva aveva smesso di andare dalla pediatra ed era stata presa in carico dal medico di famiglia, un uomo asettico, d'altri tempi, i modi spicci. Forse anche per quello, quel giorno Eva si era rifiutata di farsi visitare.

«Credo che dovrebbe vederla un medico diverso», aveva suggerito il dottore.

«Sí, capisco, cercherò una dottoressa», aveva risposto Amelia.

«No, signora, – l'aveva corretta lui. – Intendo un diverso tipo di professionista».

La sera stessa, in cucina, lei e Paolo ne avevano parlato.

«Lí per lí ero convinta che intendesse un nutrizionista, – gli aveva confessato, – poi ho capito che si trattava di una psicologa».

E psicologa era stata.

Eva, al primo incontro, aveva fatto scena muta, al secondo la situazione non era migliorata. All'uscita, si era scagliata contro la madre con piglio aggressivo e piagnucoloso insieme.

«Voi vi vergognate di me!»

«Ma che dici, amore? Stiamo parlando di salute. Non è il peso in sé, è il fatto che mangi troppo e senza motivo, la dottoressa vuole solo aiutarti».

«Mangio perché ho fame! E se mangio schifezze è perché non mi preparate mai un pasto vero!»

Amelia aveva accusato il colpo, in effetti sia lei che Paolo erano sempre via a pranzo, e spesso per cena ripiegavano su cibo già pronto, oppure da asporto. Quando era piú piccola, Eva pranzava a casa della nonna, che andava a prenderla a scuola. Poi il Covid aveva stravolto le loro abitudini e, quando il mondo era tornato alla normalità, Eva aveva deciso che non aveva piú bisogno di una balia. Per un po' le avevano lasciato i pasti da scaldare nel microonde, infine la ragazza aveva imparato ad arrangiarsi.

Lí, le cose erano peggiorate in fretta.

Amelia la ricordava benissimo, un paio di anni prima, ragazzina dalle forme appena accennate, acciambellata sul divano accanto al gatto, la coperta sulle gambe, la tivú accesa sul suo anime preferito. Adesso, sua figlia pesava quasi tre volte tanto.

Ripresero a cucinare, sia lei che Paolo, Amelia si iscrisse a un corso di cucina macrobiotica. La psicologa che, nonostante l'opposizione di Eva, continuava a seguirla, aveva raccomandato a tutti di non parlare mai di cibo, di calorie. L'alimentazione andava normalizzata anche nelle parole, non bisognava lasciarle spazio. Fu lí che Eva sparigliò di nuovo le carte.

«I miei vestiti non mi piacciono piú!» esplose una sera.

Amelia la assecondò senza esitazioni, sapeva che lavorare sull'autostima della figlia, sulla sua percezione estetica, era parte del percorso. Eva smise di indossare quasi solo pantaloni della tuta e maglie extralarge, di colori neutri, ora invece voleva cose attillate, coloratissime, maglie con paillette e *rouches*, le scarpe di Hello Kitty.

La psicologa confermò che gli abiti, a quell'età, sono uno strumento identitario fondamentale, dunque suggerí di lasciarla fare, perché è anche attraverso il vestiario che si impara a riappropriarsi lentamente del proprio corpo, ad averne di nuovo cura, soprattutto quando lo si percepisce come un terreno di battaglia.

«Ma va in giro conciata che nemmeno una bambina di sei anni! – sbottò una sera Paolo. – Si rende ridicola, la prenderanno in giro!»

Quella, fra le tante, si rivelò una preoccupazione infondata.

Da scuola non ricevettero segnalazioni, le madri delle compagne di classe non fecero chiamate discrete a proposito di episodi spiacevoli, Eva trascorreva i pomeriggi al telefono con le amiche, come niente fosse. A parte un dettaglio.

«La senti, la voce?» chiedeva Paolo.

«Sí, ma sta solo giocando a fare la bambina, dài», minimizzava Amelia.

Al pari di una protagonista nipponica dei suoi amati anime, Eva aveva iniziato a parlare usando una tonalità piú alta, quasi recitata, e insieme a quella era salito il volume.

Urlava anche solo per chiedere il sale, cantava di continuo canzoni in falsetto, si esibiva in gamme di vocine cinguettanti.

A ruota, arrivarono per i suoi genitori vezzeggiativi e nomignoli. «Mammina», «papino». Lei chiese di farsi chiamare prima «Yuki», poi «Gudetama». Amelia scoprí che il secondo era il nome di un anime che aveva per protagonista il tuorlo di un uovo che cercava, a tutti i costi, di non essere mangiato.

Nonostante le raccomandazioni, una sera Paolo esplose davanti alla figlia: che senso avevano tutti quei birignao? Che cosa rappresentava questa regressione infantile? Perché bamboleggiava? Non era una donna adulta, perdio, ma nemmeno una bimba dell'asilo!

Eva scoppiò in lacrime, gli urlò che lui non le voleva bene, infine scappò in bagno, si chiuse dentro, si infilò due dita in gola e cominciò a vomitare violentemente.

Amelia e Paolo furono presi alla sprovvista e non ebbero piú il coraggio di criticarla.

La psicologa ammise che c'era da aspettarsi una manifestazione simile, del resto Eva faceva di tutto perché loro vedessero il suo disagio. A suo modo aveva sempre esposto ogni cosa, no? Le carte delle merendine, i vestitini bizzarri, le voci in falsetto, e ora: il vomito.

«Non c'è sempre una causa scatenante univoca, o una spiegazione chiara, – tentò di rassicurarli la psicologa, durante il colloquio di aggiornamento. – Forse la ragione non la conosce neanche lei».

«Cazzate», si lasciò sfuggire Paolo, una volta usciti e risaliti in macchina.

Contattarono una seconda professionista, che si occupava piú nello specifico di disturbi dell'alimentazione. Ma, anche qui, dopo un paio di sedute, la donna sentenziò che il disagio di Eva non c'entrava niente con il cibo.

«Ma cosa dice? Pesa quasi cento chili!»

«Signor Arnaldi, mi creda. Il peso è il sintomo, non il problema».

Quel sintomo saltellava per casa indossando un rossetto viola, il profumo alla fragola, nastri da bambina nei capelli e con le canzoni di K-pop sparate negli AirPods.

Quel sintomo, in un pomeriggio di sole, si spinse in gola tutto il cibo che fu in grado di ingoiare, fin quasi a soffocare. Quando riuscirono a farglielo espellere, prima ci fu del sangue, poi lei collassò.

Fu lí che Paolo disse basta.

– Che ci fai, qui? – la voce di Amelia mi coglie di sorpresa.

– Io, ah, ero venuto a chiedere a tua figlia se le andasse di venire a fare una partita, ma volevo prima chiederlo a te, perché non so se…

– Una partita?

– Non hai conosciuto il nuovo arrivato?

– Il tiktoker, dici? Ma certo, l'ho incrociato da voi.

– No, non Giacomo, – dico. – Intendo il piccolo.

– Ah, il principino George d'Inghilterra!

– Ah ah ah, cosa?

– Eddài, su, non hai notato che è uguale?

23.

«Sssht»

La mattina mi alzo alle sette, vado in cucina, preparo il caffè per me e il latte per te, ti chiamo e tu ti svegli all'istante, senza lamentarti o fare storie, anche quando la sera prima sei andato a letto tardi per ripassare. Ammetto che mi piacerebbe insistere un po', doverti scrollare, avere a che fare con qualche comprensibile resistenza. Non succede mai.

Tua madre, invece, si attarda a letto con le sorelline, nelle prime ore del mattino è come se conducessimo due esistenze parallele. Loro entrano alla materna alle 8.30, siamo noi i primi ad andare incontro all'aria fresca del nuovo giorno, a uscire in strada, salire in auto, percorrere il tragitto verso la scuola media. Sulle scale ti giri per salutarmi un'ultima volta, poi sparisci dietro la porta a vetri, inghiottito dal fiume di ragazzini e ragazzine che stanno entrando in classe come te. Io proseguo per il centro, m'infilo nel traffico, dopo una mezz'ora arrivo in studio e inizio la giornata di lavoro. Lí, la maschera da indossare non è piú quella del padre, ma quella del professionista che ha il compito di progettare, calcolare, accontentare.

Tutta la mia vita è dedicata al prevedere, al tenere al sicuro. Al rendere affidabile. Perché se un ponte crolla, un solaio cede, un edificio affonda, la prima colpa è dei calcoli dell'ingegnere.

Mi conforta il pensiero che i calcoli piú giusti sembrino quelli fatti su di te.

Il tuo percorso fino alla terza media pare in effetti l'esito di un'equazione perfetta, un copione già scritto, un sentiero senza inciampi.

Hai un rendimento scolastico eccellente al quale, ormai, non facciamo neanche piú caso. Pochi amici ma buoni, un equilibrio invidiabile che ti fa apparire piú grande della tua età.

Infine, una passione vera che mai avremmo potuto immaginare.

Adori il nuoto.

Ami l'acqua e la piscina da sempre, ma la preadolescenza ti ha portato il dono di un corpo flessibile e resistente che ti permette prestazioni atletiche non comuni.

In un'occasione mi racconti che la sensazione che ami, in vasca, è quella di sapere che il risultato dipenderà solo da te e dal tuo sforzo. Perché mentre nuoti in corsia non c'è possibilità di aiuto, solo tu sei il padrone del tuo destino muscolare, del tuo ritmo. Del tuo respiro.

La verità, anche se non lo sai, è che sei padrone pure del mio.

Se ti guardo nuotare, per me tutto il resto non esiste. Non riesco sempre ad accompagnarti agli allenamenti, ma le gare del fine settimana sono un momento a cui non rinuncerei per nulla al mondo.

Quando concludi una sessione, oppure dopo una vittoria, ti giri verso di me e lo fai, ogni volta.

Ti porti l'indice sul naso come a dire *sssht*, silenzio, visto?

Io faccio lo stesso, di rimando.

È un gesto che ci siamo portati dietro negli anni, fin da quando da piccolo ti addormentavi dopo le favole, è il nostro modo per dirci che va tutto bene, che siamo insieme, è un invisibile cordone teso che, attraverso le nostre falangi, corre dall'acqua agli spalti.

Proprio come il filo di un aquilone, è ciò che ci permette di essere uniti ma liberi. Senza questa tensione, senza il contrasto fra le due forze opposte dell'aria e della terra, un aquilone sarebbe prima spazzato via, infine precipiterebbe al suolo.

Spesso, guardandoti nuotare, oppure mentre entri in classe, mi capita di pensare che fra noi due non sono sicuro che tu sia l'aquilone.

Forse, invece, sei tu il filo che riesce a far volare me.

24.

Invincibile

– UNO!

La voce tuona fuori dalla stanza numero quattro.

Da dietro il desk, Perla d'istinto alza gli occhi, poi li riabbassa, riprendendo con la collega la programmazione dei turni. Io ho trascinato una sedia fuori dalla camera e ho chiesto il permesso di mettermi in corridoio, davanti alla porta. Leggo qualche notizia sul cellulare, scrivo una pagina di diario, controllo le mail di lavoro: tre sono di Arturo per la verifica dei solai in via Mameli. Dall'altra parte del bancone, sulla soglia della stanza numero sei, Amelia sfoglia un settimanale. Ogni tanto mi guarda e sorride. Il suo sorriso ha a che fare con il sollievo di chi può prender fiato, con la pausa da una sorveglianza mentale ininterrotta.

Il fatto è che da ieri pomeriggio, in reparto, c'è un nuovo ospite, e la sua presenza ha consentito ad alcuni di noi di allentare la tensione.

Si chiama Nicholas e ha undici anni.

Quando l'ho visto, non mi è stato chiaro subito perché fosse qui.

Ho pensato che si trattasse di un parente in visita, venuto a trovare un fratellino o una sorellina malati. È stato osservando il modo in cui Perla lo scortava che ho capito che si trattava di un giovane paziente, e lí sono caduto nel secondo equivoco.

Nicholas non mostrava problemi fisici evidenti, camminava da solo, pareva orientato, aveva perfino scambiato qualche parola con le infermiere. Mi sono convinto, non so perché, che dovesse avere una di quelle oscure malattie neurologiche, insidiose perché invisibili.

Di nuovo, mi sbagliavo. Ho saputo poco dopo, da quella specie di telegrafo senza fili che qui in reparto trasmette informazioni da genitore a genitore, che Nicholas era stato oggetto di un Tso.

Il bambino era arrivato del tutto fuori controllo ed erano stati necessari due adulti per tenerlo fermo. I due adulti non erano i suoi genitori.

La madre lo aveva accompagnato in reparto, non lo aveva seguito subito in camera, però: si era fermata davanti all'ascensore a parlare con uno dei dottori. Aveva una vistosa medicazione sul viso e lividi violacei sotto gli occhi. La sua condizione, mi è stato detto poi, era strettamente legata al ricovero del figlio: Nicholas le aveva rotto il naso.

È stato Franco a raccontarmelo, con un vago ghigno giudicante, e l'affermazione perentoria che lui non si sarebbe mai fatto picchiare da un ragazzino di undici anni. Per una volta, era difficile dargli torto. Anche perché Nicholas appare minuto, delicato, efebico, sembra appena uscito da un romanzo di Thomas Mann.

Alto forse un metro e trenta, con gli occhi azzurrissimi e i capelli biondi, le spalle strette e le guance rosa, si potrebbe scambiare per un alunno delle scuole elementari. Invece, nella scuola media che frequenta, pare sia già stato sospeso per aver sfasciato l'aula, strappato i pannelli dai muri, lanciato oggetti, rovesciato le sedie e colpito con violenza la lavagna di ardesia, sino a incrinarla.

– A quello gli son mancati due ceffoni al momento giusto, – ha sentenziato Franco, con il tono non troppo convinto di chi, per primo, si rende conto che si tratta di una semplificazione eccessiva.

Abbiamo osservato la sistemazione del bambino nella stanza numero due. Non ci è sfuggito che era l'unico paziente in camera da solo. Con la sua voce squillante, ancora acuta e infantile, in preda a una visibile eccitazione, Nicholas tempestava di domande la madre, che rispondeva al contrario in modo condiscendente e tranquillo. Prima di compilare il foglio dei pasti, il bambino è voluto andare a domandare agli altri ospiti quale cibo fosse il piú buono, fra la magra scelta offerta dall'ospedale. Cosí, ce li siamo trovati in pellegrinaggio, stanza dopo stanza: il bambino entrava, si presentava, stringeva mani, elargiva curiosità, la madre sempre un passo indietro, come una sentinella ferita, sorridente nonostante la vistosa medicazione sul viso.

Era surreale vederli insieme, lui chiacchierone e allegro che chiedeva alla donna a cui aveva spaccato il naso di stilare una classifica delle pietanze ospedaliere, tenendo il conto dei punti a favore delle lasagne, del petto di pollo con gli spinaci o della pasta coi piselli. Quand'è arrivato il nostro turno, Tommy ha accolto la rumorosa irruzione della piccola peste senza il fastidio che mi sarei aspettato, anche se mi sono accorto immediatamente che, a suo modo, teneva la guardia alzata. Forse, sotto quella scorza di luminosa euforia, già intravedeva il buio.

Ieri sera, subito dopo cena, il bambino ha fatto un secondo giro delle camere, stavolta brandendo un mazzo di carte.

– Chi gioca a Uno? – supplicava speranzoso.

Giacomo non se l'è fatto ripetere, Tommy invece ha declinato, sostenendo di essere stanco. Mi sono affacciato alla porta e ho seguito con lo sguardo Giacomo, dietro di lui la madre Giulia. Prima di entrare nella stanza numero due, le infermiere hanno verificato che a tutti fosse chiaro il comportamento da tenere. È iniziata allora la consuetudine delle partite tra ragazzi, in gruppi ristretti, almeno due genitori a sorvegliare e le infermiere che vigilavano passando.

Tommy si è avvicinato intorno alla terza partita, credo piú per noia che per altro, e dopo poco si è unito al gruppo. È stato evidente, sin dal primo momento, che esistevano due tipi di partite: le partite in cui giocava Nicholas e le partite giocate in sua assenza. Quando si è allontanato per andare in bagno, poi per una lunga telefonata del padre, il bambino ha affidato le carte prima a Eva, poi a Giacomo, i due che parevano piú felici di giocare con lui, perlomeno rispetto a Tommy e Marika, la figlia di Franco. È stato lí che i ragazzi hanno cominciato a sfidarsi sul serio, qualcuno ha azzardato un paio di bluff, c'è stato chi ha chiesto la rivincita ed è nato pure un breve battibecco quando Tommy ha accusato Giacomo di avere imbrogliato mentre dava le carte. Dopo il rientro di Nicholas, la regola tornava a essere una sola: doveva vincere lui. Non è stata una scelta dei ragazzi piú grandi, si trattava di un ordine preciso della caposala.

«Dategli pure filo da torcere, gli piace molto combattere e non vuole che gli si regali nulla. Ma, alla fine, ricordatevi di farlo vincere».

Giacomo aveva scrollato le spalle, Eva si era intenerita, Tommy e Marika erano rimasti indifferenti. Io osservavo il viso della madre di Nicholas, che ora sapevo chiamarsi Elena, e mi chiedevo cosa sarebbe successo se il bambino, invece, avesse perso.

Stamattina sono già alla terza partita, Marika è in una sala a colloquio con i medici e Franco passeggia nervoso fuori dalla porta. Io siedo accanto al desk e scorro pigramente col dito lo schermo del telefono. Amelia fa lo stesso dall'altro lato della zona infermiere, nella stanza numero quattro le voci dei ragazzi si avvicendano, fino a che non cala un silenzio improvviso. Non trascorrono piú di tre secondi, prima che Perla esca da dietro il bancone, anticipando di un istante l'urlo che proviene dalla camera.

– HAI IMBROGLIATO!

La voce è quella di Nicholas, eppure non sembra la sua. Perla entra in stanza e, nello stesso momento, Eva esce arretrando, piú pallida del solito, mentre Amelia si alza dalla sedia e le corre incontro.

– Cos'è successo? – chiede alla ragazza.

– Ha vinto Tommy.

Scatto subito in piedi. Sentiamo un secondo urlo.

– SEI UNO STRONZO! TU CON ME NON GIOCHI PIÚ!

Forse Tommy risponde qualcosa, ma viene sovrastato da un terzo ruggito.

– DIMENTICATI LE CARTE! GODITI L'OSPEDALE, FACCIA DI MERDA!

Dalla camera emerge Giacomo con il suo inconfondibile cappellino verde: stringe sua madre, quasi a farle da scudo. Infine, Perla ed Elena trascinano fuori Nicholas, che strepita e scalcia, lanciando insulti verso mio figlio, perdendo le carte che teneva strette nei pugni, gridando che le rivuole, buttando indietro la testa come farebbe un bambino di tre anni in preda a un colossale capriccio. Ha i tendini del collo in rilievo, è cosí rosso che pare sul punto di scoppiare.

Solo allora, per ultimo, vedo uscire anche Tommy, che lento si china sul pavimento a raccogliere le carte, una a una, seguendo il percorso del bambino che strilla come un invasato. Si ferma a pochi passi dalla porta, il mazzo ricomposto in mano. Elena gli si fa incontro, il pugno serrato davanti alla bocca, e per un attimo penso che voglia tirare un cazzotto a mio figlio. Invece gli sorride placida, prende le carte e lo ringrazia.

E in quel momento mi rendo conto di essere l'unico rimasto a guardare: non sono intervenuto, non ho interferito, ho lasciato fare a chi ne sapeva piú di me. È quello che mi ripetono tutti, fino allo stremo, ma invece di pensare di aver agito in maniera corretta mi sento solo un vigliacco.

Tommy s'incammina per tornare verso la nostra stanza, trascinando le gambe. Sembra esausto per quei pochi metri percorsi. Lo inseguo e vorrei chiedergli come si sente, oppure sviare la sua attenzione su altro, interrompere il flusso della tempesta, invece faccio la cosa piú elementare e ingenua.

– Ma perché non lo hai lasciato vincere? – gli chiedo. – Si sono raccomandati tanto…

Lui si ferma e mi guarda come se fossi uno stupido.

– Se continuano a farlo vincere, non guarirà mai.

– Cosa?

– Non capite che vi comportate sempre allo stesso modo?

– Eh? Quale modo?

– Ci fate credere di essere invincibili, – dice mio figlio, – e poi ci lasciate soli a scoprire che non era vero.

25.

La prima volta

La prima volta me ne accorgo per caso.

Entro in bagno soprappensiero, anche se vedo la luce accesa attraverso il vetro satinato, entro senza chiedere, nonostante i tuoi quattordici anni abbiano rappresentato l'improvviso ingresso nel territorio del pudore. Apro la porta e ti vedo lí, appena uscito dalla doccia, a petto nudo e bagnato, ti stai annodando alla vita un asciugamano blu.

– Oh, ma non si bussa?! – dici colto alla sprovvista.

– Esco subito, prendo solo un cotton fioc, – reagisco sorridendo, e però meravigliato dalla tua istintiva reazione di difesa. Sono solo io, vorrei dirti. Sono solo tuo padre. In piscina ti ho visto nudo piú spesso di quanto io riesca a ricordare.

È lí che lo noto.

Sei alto per la tua età, lo sei sempre stato, ma ora nel tuo corpo si coglie un'insolita sproporzione. Le braccia sembrano troppo lunghe, il busto troppo stretto, le scapole ti spuntano dalla schiena come piccole ali.

Vedo la tua magrezza, la vedo davvero per la prima volta.

– Che hai fatto? – riesco solo a dire.

– La doccia, – dici coprendoti il torace con gli avambracci, un gesto che non ti ho mai visto fare.

– No, intendo… – mi interrompo. – Tommy, quanto pesi?

– Che te ne frega, vuoi andartene?

– Ma tua madre ti ha visto? – me ne esco.

– Cosa?

– Grazia! – urlo. – Vieni a vedere tuo figlio!

– Pa', ma sei serio?!

Tua madre arriva con aria infastidita, come se l'avessi distolta da una faccenda di vitale importanza.

– Che c'è?

– Scusa, tu lo sapevi che era cosí magro?

Subito ti volti e le dài le spalle.

– Ma volete uscire e lasciarmi stare, cazzo?!

Non avevo mai sentito una parolaccia pronunciata dalla tua bocca, la cosa non mi scuote ma mi sorprende. Mi giro verso Grazia, lei mi fulmina con lo sguardo. Capisco che sono il solo, tra i due, ad avere avuto questa rivelazione.

– Ehi, siamo i tuoi genitori, – cerco di minimizzare.

– E allora? Vuoi chiamare anche i vicini a guardarmi?

– Amore, tuo padre è il solito sciocco, ce ne andiamo subito.

– Ma certo, – dico. – Non volevo mica. È solo che…

Tua madre mi trascina fuori, non appena siamo in corridoio sento il rumore della chiave che gira nella porta.

– Ma sei scemo? Ti pare il modo? – mi dice.

– Ma scemo che? Hai visto come sta messo? Tu lo sapevi?

Lei mi fissa con un'espressione un po' incredula e un po' rassegnata.

– Perché, tu no? – sussurra.

Si allontana lungo il corridoio, la inseguo.

– Ma non è normale, dài, bisogna che mangi di piú, – mi affretto. – Quando nuotava ce l'avevo sempre sott'occhio, e non è mai stato cosí.

– È una fase, – bisbiglia tua madre. – Lascialo stare.

– Sarà anche una fase, – dico, – ma stiamo attenti, non mi piace che sembri un adolescente del Biafra!

Ho parlato a voce alta, non ci bado.

Sono cose a cui non baderò ancora per un po' di tempo.

26.

Forbici per mancini

– È sempre stato un bambino vivace.

Elena si aggiusta la benda che ha sul naso, uno dei cerotti si è un po' allentato.

Una dottoressa ha portato via Nicholas da circa venti minuti e lei è venuta a sedersi sulle poltroncine, vicino all'ascensore. Tommy si è chiuso nel suo mutismo e sta guardando un film sul tablet, assieme a Giacomo, sono entrambi in camera con Giulia. Amelia è con sua figlia che è ancora un po' scossa, Marika invece dorme, cosí Franco si è unito a noi, anche se continua a lamentarsi per il desiderio spasmodico di una sigaretta, che si rigira in mano.

– Ma scendi, basta che avvisi l'infermiera, per qualche minuto te la guardiamo noi, – gli dico.

– No, no, me la tengo per dopo, – risponde infilandosi la sigaretta dietro l'orecchio, come un sedicenne negli anni Ottanta. – Anche perché a quella è venuto in mente che piú tardi vuole fare due passi giú.

«Quella» sarebbe Marika. E oggi, per quanto sia paradossale alla luce dell'accaduto, è il primo giorno in cui i medici hanno acconsentito a farci uscire dal reparto insieme ai figli, ma solo per arrivare al cortiletto interno. Magari, l'evidente tensione di Franco deriva da questo.

Elena, invece, sembra essersi un po' rilassata. Forse conosce il decorso di certe buriane, forse si è semplicemente rassegnata. Nessuno di noi si permette di chiedere.

– Fin dal nido, dava il doppio da fare alle maestre, – ricomincia, con un sorriso lieve sul viso, quasi a giustificarsi con noi delle intemperanze del figlio. – Temevano si trattasse di iperattività, insomma di un deficit dell'attenzione, ma quando lo abbiamo fatto vedere ci hanno detto che era solo tanto pieno di energia.

Si tocca di nuovo la benda sul naso, come per un riflesso.

– Be', adesso i bambini non possono neanche piú essere vivaci? – interviene Franco, e non si capisce ancora se il suo sia un goffo tentativo di conforto, o una delle sue sparate, o entrambe le cose. – Ormai una diagnosi non la si nega a nessuno, per questo hanno tutte le malattie del mondo. E se non imparano a leggere sono dislessici, e se non sanno le tabelline hanno la cosa, là, come si chiama, la discalcolosi.

– Discalculia, – lo correggo.

– Quello che è, – sbuffa lui. – Ai nostri tempi ti dicevano «somaro», ti davano un calcio in culo e alla fine i calcoli li facevi, oppure ti bocciavano, fine. Ora ogni cosa è una tragedia, è tutto un dramma. Persino le forbici per i mancini, hanno fatto.

– Ma che c'entra? – scoppio a ridere.

– Eh, lo so io che c'entra, – risponde lui toccandosi la sigaretta dietro l'orecchio. Poi si sporge verso Elena. – Ma sport, almeno, gliene avete fatto fare? – chiede con tono vagamente inquisitorio.

Se al posto di Elena ci fosse mia moglie, Franco rischierebbe di beccarsi un ceffone. Elena invece non pare prendersela.

– Tanto, sempre. Prima psicomotricità, poi vari sport, sia individuali che di squadra. Andava benissimo, gli piacevano tutti.

– Ma anche roba un po'… vigorosa? – insiste lui. – Tipo il rugby, o l'hockey? Guarda che l'hockey è tosto, ti scarica completamente.

Elena sorride ancora, gentile.

– No, l'hockey in effetti non lo abbiamo provato. E, a essere sincera, abbiamo dovuto levarlo dalle squadre, perché si arrabbiava sempre. Non faceva niente ai compagni, non ha mai minacciato l'incolumità fisica di nessuno, ma gli allenatori, quello di calcio, per esempio, è venuto a dirci che non potevano giocare se Nicholas si sdraiava a pancia sotto in area di rigore, sbattendo gambe e braccia, rifiutandosi di spostarsi.

Franco inarca un sopracciglio, incrocia le braccia.

– Mah.

Elena abbassa gli occhi.

– Gli piace leggere? – intervengo io.

– Eccolo lí, – sbotta subito Franco. – La si butta sull'intellettuale ed è risolta, no?

– Senti, piantala, ho fatto solo una domanda, stiamo parlando sereni, – mi difendo. – E non è che lettura e sport siano in contraddizione, eh?

– Legge, scrive, disegna, – risponde Elena. – È un bambino pieno di risorse. Gioca pure ai videogiochi, se è per questo, anche se abbiamo dovuto limitare quelli piú…

Si interrompe, come per cercare la parola. È evidente quale sia a metterla in difficoltà.

– Competitivi? – suggerisco.

Annuisce.

– Non è stato semplice, perché certi giochi lo appassionavano davvero tanto, tipo, per esempio, *Fortnite*.

– Be', *Fortnite* in effetti è un po' pesantuccio, per quell'età.

– Ma smettila! – irrompe Franco. – Anche con 'sta faccenda dei giochi… pericolosi, è ora di finirla! Noi con cosa giocavamo? Con *Pac-Man*? E allora eravamo tutti spiritisti perché c'erano i fantasmini? Con *Mortal Kombat* siamo diventati tutti assassini? Anche i giochi, adesso, dovete rovinare?

– Ma *dovete* chi? – comincio ad averne abbastanza.

– Voi genitori progressisti, con la bibbia della Montessori sempre in mano, a dire questo no e quello no e questo fa male e quello fa peggio. A guardare i cartoni della nostra infanzia saremmo dovuti venire su tutti traumatizzati, e invece mi sembra che stiamo bene, no? *Fortnite*! Adesso è colpa di *Fortnite* se un ragazzino spacca la faccia alla madre.

Guardo Franco, incredulo. Per fortuna se ne accorge da solo. Si avvicina a Elena, le prende con delicatezza una mano.

– Scusami, non volevo. Quel che ti è capitato è una cosa gravissima, lo sappiamo, voglio solo dire che...

Fa una pausa, sembra indeciso se proseguire.

– Io e mio figlio ci abbiamo giocato ore, a *Fortnite*, e il risultato è che lui adesso è a seguire un corso di marketing in Svizzera, ha una fidanzata che potrebbe tranquillamente fare la modella, fa sport ed è felice. Oh, io lo posso dire, ho un figlio felice, ho almeno un figlio felice, ecco. E non intendo sentirmi in colpa per questo. Ho un figlio felice nonostante giocasse a *Fortnite*, quindi come la mettiamo?

È la prima volta, da quando siamo qui, che Franco ci racconta qualcosa di sé. Lo guardiamo senza sapere che dire. Adesso è Elena a stringere una mano a lui.

– Non ti s'immagina proprio, a giocare a *Fortnite*, – gli sorride.

– Non sono mica un mostro, – dice lui, quasi a difendersi da un'accusa che nessuno gli ha rivolto. – Ho un figlio, gioco con mio figlio. Anche ai videogiochi, sí. E gli facevo pure il culo.

– Come si chiama, tuo figlio? – gli chiedo.

Franco alza gli occhi e mi fissa. Lo vedo che non sa se fidarsi.

– Michele, si chiama. Ed è un ragazzone, dovreste vederlo. È quasi due metri, perdio. Ma fai basket, gli ho detto. E lui niente, capatosta di famiglia, proprio, solo palestra ha voluto fare. Per le spalle, diceva, e infatti ha due spalle cosí. Grande, grosso e buono. E per il resto: giú la testa a studiare, senza che nessuno abbia mai… – S'interrompe. D'un tratto, solleva il braccio destro, poi lo abbassa con il palmo aperto, come a voler dividere l'aria in due. – Mai un problema. Mai-un-problema, – scandisce.

Elena e io lo ascoltiamo in silenzio.

– Abbiamo dato a entrambi lo stesso ambiente, – prosegue, – la stessa educazione, le stesse possibilità, la stessa quantità di amore, la stessa quantità di… tutto… Allora perché? Voi me lo sapete dire, eh?! Me lo sapete dire, perché lei…

Sull'ultima domanda la voce gli s'incrina.

– Ehi, – mi avvicino.

– *Fortnite*, cazzo! – ripete.

– Ehi, – dico ancora, gli metto una mano sulla spalla. – Siamo nella stessa barca, ricordi?

– Ma vai a cagare, – dice lui, passandosi due dita sugli occhi.

27.

Due pasticche

Marika è una ragazza alta e secca, i capelli foltissimi che le scendono lungo la schiena sono un mantello rosso che contrasta con il biancore delle sue bende. Ne ha cosí tanti che quasi non riesce a tenerli legati. Le bende le avvolgono gli avambracci e l'interno delle cosce, sono i punti in cui si taglia di piú. Alcuni tagli sono sottili come segni a biro su carta, altri sono crepe piú profonde e violacee che spuntano da sotto le medicazioni, altri ancora sono vecchie lesioni ormai sbiadite, fra questi la frase *Whoever is loved knows no death*: si tratta del verso di una poesia. Marika se lo è inciso sulla pelle, due anni fa, con un taglierino da scuola media.

– Come se l'avesse mai letta, – ha commentato Franco, un pomeriggio in cui ci è capitato di parlarne. – 'Ste robe da poeti le trovano nei meme su Instagram.

Marika soffre di autolesionismo e pratica il *cutting* dall'età di dodici anni.

I genitori se ne sono accorti per caso: un giorno si è inflitta un taglio troppo profondo ed è stata costretta a chiedere aiuto. È stato allora che Franco e la moglie hanno scoperto sul corpo della figlia un'insospettabile mappa di cicatrici, accuratamente nascosta per l'intero inverno sotto ampie felpe e pantaloni oversize.

Quando il padre le ha detto «Ma cos'hai fatto?!», lei gli ha chiesto di abbassare la voce.

I dottori hanno spiegato a Franco e a sua moglie che i tagli sono un modo per gestire le emozioni troppo forti, e Franco in quel momento avrebbe voluto un modo per gestire le sue.

Marika è già stata in comunità, ricoverata con altre ragazze con il suo stesso problema, pareva stare meglio ma il suo è uno di quei disagi che riemergono quando meno te lo aspetti, proprio mentre un padre o una madre cominciano magari a non pensarci piú, a sperare che non. Le dipendenze funzionano spesso cosí. Quella dal dolore non fa differenza.

Forse il rancore di Franco deriva da questo. E pure i giudizi superficiali e sprezzanti che ci elargisce sono, in fondo, la sua maniera per proteggersi da qualcosa che non riesce a comprendere, da cui cerca di tenersi lontano. Oltre a ciò, la madre di Marika non verrà in ospedale a dargli il cambio, ormai è certo, e questo imprevisto lo irrita come una punizione che sente di non meritare.

– Adesso ha pure l'influenza, Cristo d'un Dio, – ci ha detto ieri. – Con quella non la lasciano entrare in reparto manco dipinta. E io che glielo dico sempre, di coprirsi, invece lei no, deve andare in giro scollacciata a fare la diva –. Nessuno di noi ha capito se Franco e sua moglie siano separati o che. Tutti pensiamo che non abbia voglia di parlarne.

Marika, persino se si trova con gli altri ragazzi in stanza, se ne sta quasi sempre in silenzio.

Eva ha provato a forzarne il mutismo, parlandole con il suo cinguettio acuto di non so quale manga, ma senza successo. Anche le chiacchiere ininterrotte di Giacomo su social e visualizzazioni, o le domande infantili di Nicholas sugli animali preferiti sembrano scivolarle addosso. I ragazzi hanno perciò smesso di tormentarla, e la questione si è chiusa in fretta.

Marika ha le gambe ricoperte da peli arancioni che è impossibile non notare, soprattutto perché gira sempre in shorts e canottiera.

Prende ogni giorno due pasticche rosse e due pasticche bianche, che Perla le porge in un bicchierino di carta. Quelle bianche so cosa sono perché le prende anche mio figlio.

– Siamo fratelli di droga, – le ha detto Tommy un giorno.

È stata l'unica volta in cui l'ho vista sorridere.

28.

Rapporti elettivi

In ospedale si creano spesso rapporti elettivi. Chi ci è stato piú volte lo sa.

Può accadere tra compagni di stanza, o fra genitori che stanno attraversando lo stesso guado, un analogo spaesamento, una comune sensazione di impotenza. Poche cose funzionano da cemento per le relazioni umane come la sofferenza condivisa.

In questi ragazzi e ragazze, però, c'è di piú. C'è una specie di senso di appartenenza che passa fra loro come una corrente elettrica, e che qui aumenta d'intensità.

Sono tutti affacciati sullo stesso precipizio, tutti a loro modo devianti rispetto al destino dei sani, ma, in questa bolla protetta dai giudizi del mondo, le loro cadute non sono qualcosa che li fa sentire esclusi o sbagliati, come accade là fuori. Qui, il loro dolore non è lingua morta, diventa una frequenza percepibile che abbatte le differenze, le specificità, a volte perfino le età.

Nicholas, per esempio, si è legato molto a Eva. È impossibile non notarlo.

Le infermiere non ci vedono nulla di male: Eva ha la capacità di placare l'iperattività del piccolo, di assorbirne l'energia. Nicholas, dal canto suo, venera Eva al pari di un'eroina dei cartoni: la aiuta a farsi le acconciature, ne accetta senza remore gli infantilismi e, ai suoi occhi, il corpo sovrabbondante della ragazza non è di certo una colpa, men che meno ragione d'imbarazzo. Perché Eva sa cosa pensa la gente di lei, cosa vede quando la guarda. Sa di infrangere regole non scritte sul corpo che dovrebbe avere una femmina. Con Nicholas, invece, lei si sente adatta cosí com'è.

Vederli vicini suscita un sorriso di tenerezza. Nicholas cosí piccolo, Eva cosí grande che potrebbe essere la sua custodia.

– Mi piace quel ragazzino, – mi ha confessato Amelia mentre prendevamo un caffè al distributore. – Ha un bel modo con lei.

– Sta' a vedere se non ti supera sulla destra, – mi ha dato di gomito Franco.

– Eh? Che vuoi dire? – ho chiesto.

– Eddài, su, – ha detto. – Non c'era una… simpatia? Fra tuo figlio e la sua?

Amelia e io ci siamo guardati, entrambi sorpresi che Franco lo avesse notato.

– Mah, forse era piú un nostro desiderio, – ha sospirato Amelia. – E comunque, anche se fosse, non credo che Tommy possa percepire Nicholas come una minaccia, no?

– Sarà, – ha detto Franco sogghignando, mentre faceva girare il suo caffè nel bicchierino di plastica neanche fosse un vino d'annata.

– Piuttosto: avete sentito che oggi Elena se ne andrà? – ha cambiato discorso Amelia.

– Come, se ne andrà? Li dimettono?

– No, no. Arriverà il marito a darle il cambio.

Franco si è ammutolito e ha ripreso a bere il caffè.

– E tua moglie? – se n'è uscito a sorpresa.

– Mia moglie che?

– E tuo marito? – ha proseguito indicando Amelia. – Cioè, a me ha detto sfiga e lo sapete, mia moglie non può darmi il cambio per la febbre, ma voi com'è che state sempre qua e non viene mai nessuno?

Amelia e io ci siamo fissati. Ci siamo resi conto che non ce lo eravamo detti nemmeno fra noi.

– Be', mia moglie, – ho detto io, – ha le bambine a cui badare a casa. È piú brava lei con loro, che sono piccole, insomma ci siamo divisi cosí.

– Ma vaffanculo, dài, – ha detto Franco. – Ti vedo, qui. Sei il papà perfetto, mi fai sentire in colpa anche solo a guardarti, vuoi farmi credere che non saresti capace di occuparti di due mocciose? Piuttosto dimmi che sono cazzi tuoi, che non hai voglia di dircelo, e morta lí.

Ho alzato gli occhi su Franco con un fastidio che non sono riuscito a nascondere.

– Sono cazzi miei e morta lí, – ho detto.

– Ah ah ah. E bravo, finalmente un po' di artigli, – ha detto. – E tu, invece? – ha incalzato Amelia.

Lei ha scrutato il suo tè al limone come se ci fosse caduta dentro una mosca.

– Io non mi fido di mio marito, – ha detto.

Franco si è voltato verso di me, ha inarcato le sopracciglia, poi ha buttato giú l'ultimo sorso di caffè e ha tirato il bicchiere vuoto nel cestino, ruotando il polso con lo stile di un giocatore di basket che esegue un tiro a canestro.

– Madonna che voglia di fumare, – ha detto mettendosi le mani sui fianchi e inarcando la schiena.

– Oddio, che voglia di respirare, – ha detto Amelia, mentre Franco si stava incamminando per tornare in stanza.

29.

Merendine al cioccolato

Il padre di Nicholas si chiama Marco, è identico al suo bambino.

Ha capelli biondicci e ondulati, occhi azzurro cielo, il viso imberbe di un ragazzino costretto a crescere troppo in fretta. È venuto stamattina, per dare il cambio a sua moglie.

Quando l'ho visto entrare dalla porta scorrevole, aveva il passo intimidito di una recluta che si sta addentrando in un territorio ostile, senza aver ricevuto sufficienti istruzioni.

Nicholas lo ha accolto con un entusiasmo teatrale, come se il padre avesse appena fatto ritorno da un lunghissimo viaggio. Marco, al contrario, ha abbracciato il figlio con cautela, quasi avesse paura di toccarlo. Sono bastati pochi minuti insieme, per render chiaro a tutti perché la madre, malgrado le sue condizioni, avesse voluto fare il primo turno in reparto.

Nonostante Nicholas le avesse fratturato il naso, colpendola con una ciotola di legno, Elena era riuscita a superare lo shock, a chiamare il 118 e a mettere al riparo da quella furia il fratellino piú piccolo, chiudendolo in bagno. Marco, al contrario, il trauma non lo aveva superato.

Nicholas aveva già dato in escandescenze, in passato, ma fino ad allora si era limitato a gettare in aria ciò che trovava sul suo cammino. Non aveva mai aggredito fisicamente nessuno, se non lanciandogli contro qualcosa, fatto che a scuola gli era valso una sospensione.

Quel pomeriggio, invece, per la prima volta si era avventato su sua madre.

Dopo aver ribaltato il tavolino di cristallo in soggiorno, aveva afferrato una ciotola di design, souvenir di un viaggio di famiglia in Finlandia, e aveva colpito Elena ripetutamente. Non l'aveva lanciata, la ciotola: quand'erano arrivati i paramedici, l'oggetto era ancora saldo nella sua mano. Marco li aveva raggiunti in ospedale, e la prima cosa che aveva visto era stato il viso tumefatto di sua moglie. Una parte di lui si rifiutava di credere che a ridurre cosí Elena fosse stato suo figlio. Un attimo dopo, aveva cominciato a incolparsi per non esserci stato.

Si dice che a volte il destino sia una maschera per la colpa. Ci raccontiamo che le cose non potevano che andare in quella maniera per giustificare la nostra incapacità di farle andare in modo diverso.

Per un genitore, però, è spesso vero il contrario: è la colpa a essere una maschera per il destino. La usiamo per ricondurre l'accaduto a una ragione. La colpa è una consolazione, ci permette di allontanare l'idea spaventosa che le cose siano proprio ciò che sembrano, ci consente di credere a una causa scatenante, a una responsabilità specifica, al fatto che avremmo potuto fare una differenza nelle vite di chi amiamo, se solo.

La colpa di Marco era cresciuta ancora, dopo che era stato rispedito a casa, per badare al figlio minore che gridava di non voler piú rivedere il fratello.

– Dice che, se riportiamo Nicholas a casa, lui si trasferirà dai nonni.

Questo è quel che Marco ha confidato a Franco, assieme a tutto il resto.

Franco che, non appena ha visto il nuovo arrivato entrare, lo ha puntato subito, felice di avere un altro padre con cui scambiare due chiacchiere, oltre a me. Perché, sí, può suonare strano, ma noi tre siamo gli unici padri qui dentro.

Marco e io, per di piú, siamo gli unici due padri ricoverati con un figlio maschio. Per quanto distanti siano le nostre situazioni, e le nostre età, questa singolarità ci accomuna, come fossimo gli unici due soci di un club esclusivo.

Amelia lo ha intuito e vede che, da quando ci hanno presentati, Marco e io continuiamo a osservarci da lontano, in attesa del momento buono. Credo ne sia in parte divertita e, in parte, un po' gelosa.

– Perché non ci vai a parlare e basta? – mi chiede lei, non appena i ragazzi si riuniscono in stanza per l'ennesima partita.

I genitori di guardia, fuori dalla stanza in cui si svolge il gioco, sono Franco e Giulia. Oltre a loro, Stefano, l'infermiere maschio del reparto, che vigila sulle eventuali intemperanze di Nicholas.

Siamo rimasti tutti un po' sorpresi, quando i medici ci hanno detto che i ragazzi, se avessero voluto, avrebbero potuto proseguire con le loro partite. Ci hanno spiegato che sarebbe stato peggio impedir loro di farle, trasformando il piccolo incidente in un caso. Molto meglio depotenziare, e investire sulla relazione, sia pur con cautela. Tanto piú che Nicholas non sembra comunque lo stesso ragazzino. Ha chiesto scusa a Tommy, che ha accolto il suo gesto con una serenità che non mi sarei aspettato, poi si è detto dispiaciuto con tutti per avere gridato. Forse saranno stati i farmaci, forse è che qui dentro non esistono molte alternative per passare il tempo, forse è la maniera in cui si sta legando a Eva. Magari, semplicemente, questi ragazzi stanno imparando a prendersi meglio le misure.

Marco è nella stanza di Nicholas, insomma nella loro. È lí che lo raggiungo. Dopo aver piegato con cura un pigiama del figlio, sta mettendo in fila nell'armadietto alcune merendine.

– Non è ancora entrato nella pubertà, e già mangia come un lupo, – mi dice non appena si accorge di me.

– Ti invidio, – rispondo. – Il mio ha smesso da un pezzo di farlo.

Voleva essere una battuta, invece lui assume un'espressione affranta.

– Oddio, perdonami.

– Ma figurati. Di che?

– No, davvero, scusa, non so dove ho la testa.

Riprende a stipare le merendine e chiude in fretta l'armadietto, ma una scivola fuori dall'anta e gli cade a terra. Quando si china a raccoglierla, mi accorgo che gli tremano le mani.

– Abbiamo quasi finito quelle al cioccolato, – mi confida, col tono di chi si sta giustificando per l'affermazione precedente. Si mette una mano davanti alla bocca, di nuovo costernato, di nuovo tremante.

Vorrei dirgli di non preoccuparsi, che può benissimo parlare di cibo con me, e anche con mio figlio. Ma non ci riesco, il suo tremore mi crea disagio. Nessuno di noi trema mai, qui. C'è una ragione, per cui non lo facciamo. Dopo un paio di giorni qui dentro, si scopre che questo reparto è una cima rocciosa su cui nevica di continuo. Bisogna evitare gli scossoni troppo forti, i movimenti inutili: si rischia una slavina che travolgerebbe tutti. Questo ragazzo ancora non lo sa.

Lo guardo e non riesco a immaginare come possa essere stata la sua vita, prima.

Magari ha avuto un'esistenza serena, senza strappi, si è addentrato nella paternità in maniera ingenua, forse addirittura imprevista, accanto a lui una moglie equilibrata e forte, nonostante la giovanissima età. Un primo figlio, Nicholas, che perfino adesso, se non è preda di uno dei suoi attacchi, è un bambino piacevole, vitale, gentile, con una sorprendente proprietà di linguaggio. Quindi un secondo figlio, in età piú matura, magari incoraggiati dalla solidità raggiunta. Forse hanno creduto di essere una famiglia perfetta, addirittura felice, fino a un certo punto. Fino al primo crollo. Una parte di me ha l'impulso di abbracciarlo, ma non so come la prenderebbe, e soprattutto non siamo ancora cosí in confidenza.

– Per le merendine puoi scendere al minimarket qui sotto, – gli dico, in un tentativo di conforto.

Si guarda intorno, circospetto, ha gli occhi di chi teme che, da un momento all'altro, possano saltar fuori due armigeri a bloccarlo.

– Ma non posso lasciare Nicholas, – mormora.

– Sta giocando con gli altri ragazzi, ci siamo noi genitori e pure le infermiere. E sta vincendo, – sorrido.

Lui no. Lui non sorride.

– Ma se succede di nuovo qualcosa…

– Non succederà niente.

– Ma se…

Mi fissa come un naufrago che sta per affondare.

Annega in una paura che ha tante facce. Ha paura di non saper affrontare la situazione. Che la serenità non torni. Che il fratellino di Nicholas lo crescano i nonni. Che il viso di sua moglie non sarà mai piú lo stesso. Ha paura per suo figlio. Ha paura di suo figlio. Forse, invece, la paura che gli attribuisco non è che la mia.

– Ci siamo noi, – ripeto, con una calma che in realtà non provo. – Nicholas è nel posto piú sicuro del mondo. Non ci resterà per sempre, ma per i prossimi dieci minuti sono ragionevolmente certo di sí.

Marco controlla l'orologio, si tocca la tasca posteriore dei pantaloni per sincerarsi di avere il portafogli.

– Avviso la caposala, – dice d'un colpo. – Faccio velocissimo!

Esce dalla stanza, si appoggia al desk per parlare con un'infermiera, quindi punta svelto all'ascensore. Passa davanti alla stanza dove i ragazzi giocano e rallenta.

Forse incrocia lo sguardo del figlio, forse sbircia solo la sua espressione.

Dura un secondo, poi guarda a terra e si mette a correre.

Il terrore che Nicholas scopra di non avere le sue merendine al cioccolato è piú forte di tutto.

30.

Fantasma

Il bisogno primario di Giacomo, anche qui, è quello di avere un pubblico.

Giulia, sua madre, ce lo ha spiegato con le parole che hanno usato i medici con lei. Suo figlio ha la stessa necessità di attenzione di quei bambini che, a quattro o cinque anni, improvvisano concerti in soggiorno o spettacolini interminabili a cui deve assistere l'intera famiglia, altrimenti si buttano a terra a piangere sbattendo gambe e braccia.

Ecco, ciò che in un bambino di quell'età è solo un capriccio, in Giacomo si è trasformato in qualcosa di vitale. Giacomo soffre di un disturbo istrionico di personalità: deve esibirsi, giocare, inventare, fosse pure per una sola persona disposta ad assistere. Vive per lo sguardo degli altri, come se solo attraverso quello riuscisse ad attribuirsi un valore. Perfino quando lo sguardo è virtuale. Se non ha modo di farlo diventa irrequieto e paranoico, si sente invisibile, un fantasma, o cosí si definisce lui. Per questa ragione, sebbene per il momento gli sia stato vietato l'uso del telefono, non viene mai lasciato solo, mai privo di pubblico. Mi domando se le guance morbide e cascanti di Giulia siano la conseguenza di ore e ore di sorrisi posticci, ma indispensabili. Sorridere per paura che tuo figlio si trasformi in fantasma deve essere una fatica estenuante.

Qui in reparto, Giacomo ha trovato un parterre che consente a sua madre di rilassarsi, almeno un po'. Lui si esibisce per le infermiere, per i medici, per gli operatori sanitari, per le signore che si occupano dei pasti, per i genitori dei pazienti, che non sempre gradiscono e, ovvio, per i ragazzi. Tommy e io abbiamo, in tal senso, un destino a cui è impossibile sfuggire. Siamo i compagni di stanza dell'istrionico Gap.

– Che cosa vi piacerebbe che facessi? – ci chiede piú spesso di quanto non vorremmo.

All'inizio, replicava prevalentemente i video che aveva già pubblicato, quelli girati durante il lockdown, dato che nessuno di noi li aveva visti. Indossava un'improbabile canottiera traforata, l'immancabile cappellino verde, e trasformava in oggetto di scena qualunque elemento gli capitasse a tiro. Quando ho avuto la malaugurata idea di proporgli di fare qualche imitazione, cosa che non gli riesce benissimo, ci si è fissato, e da allora Giulia mi lancia di continuo occhiate di scuse. Tommy lo tollera senza apprezzare o disprezzare, a volte penso che consideri Giacomo un male accessorio del ricovero. Credo, comunque, che a suo modo gli voglia bene.

A salvarci, oggi, è stata Eva.

La ragazza ci ha messo del tempo per trovare il coraggio di avvicinare Giacomo da sola. Lei, unica fra i presenti, i suoi video li conosceva sul serio. Anche se questo lo lusinga, crea spesso fra i due un velo di imbarazzo.

Galeotta è stata una canzone che Giacomo ha accennato al termine di una delle sue esibizioni, la sigla giapponese di non so quale anime. Mentre storpiava le parole, stonando pure un po', alla sua voce si è unita a sorpresa quella carezzevole e acuta di Eva. Che non è entrata in camera, ma faceva eco a Giacomo dal corridoio. Lui non si è lasciato sfuggire l'occasione ed è corso alla porta.

– *Kawaii!* – le ha detto.

– *Kawaii!* – ha risposto Eva, ridacchiando.

Giacomo è rientrato subito, portandosi dietro la ragazza, che rideva con una mano davanti alla bocca.

– Tu sei *kawaii*! – ha declamato Giacomo, inginocchiandosi.

L'atmosfera è stata spezzata dall'infermiera Lorena.

– Be'? Cos'è questa confusione? Ognuno in camera propria!

– No, dài, ti prego, ti prego, ti prego, fai restare Eva! Mandiamo via mia madre! – ha supplicato Giacomo, ancora in ginocchio.

La scena era cosí grottesca che ha fatto ridere tutti, e perfino Tommy ha accennato un mezzo sorriso.

– Non dovete disturbare gli altri pazienti, – ha insistito Lorena.

– Cantiamo solo le sigle degli anime! – ha chiarito Giacomo, come se l'evidenza potesse convincerla. – A bassa voce, – ha aggiunto.

Lorena ha guardato me, poi ha guardato Giulia.

– Se vuole io esco, – ha detto la mamma di Giacomo, in tono di scuse.

– Ma no, si figuri, non è questo il punto. È che non devono fare confusione.

Lorena ha scoccato un'occhiata a Giacomo, lui le ha risposto mimando la chiusura di una zip sulle labbra e strappando alla donna uno sguardo benevolo.

Eva e Giacomo hanno ripreso a cantare sottovoce, quasi sussurrando, almeno altre dieci sigle giapponesi di anime che sono pronto a giurare di non aver mai visto.

Alle ultime due, con un filo di fiato e vergognandosi non poco per la nostra presenza, si è unito anche Tommy, mentre Giacomo gli teneva un braccio attorno alle spalle.

31.

Spogliarsi di tutto

Ogni volta che Tommy termina un incontro con gli psichiatri, le cose vanno sempre nello stesso modo. La porta si apre, intravedo i loro visi mentre escono, seguo mio figlio quando mi passa accanto per tornare in camera. Hanno spesso espressioni sorridenti, rassicuranti, come se il colloquio fosse stato straordinario. Ma so che non mi diranno niente, perlomeno non subito, non nell'immediato, trascorrerà un po' di tempo e poi sarò convocato anch'io: al desk delle infermiere, nello studiolo, oppure un paio di loro mi raggiungeranno in stanza, con le mani nelle tasche del camice e l'aria di chi passava di lí, e mi chiederanno di uscire un attimo in corridoio. Solo allora, mi getteranno qualche briciola. Perché, a meno che non emergano dettagli che mettano in pericolo la sua incolumità, non sono autorizzati a riferirmi le confidenze di mio figlio, i suoi pensieri o i suoi comportamenti alimentari. Non si rendono conto che, qui dentro, quello dei due che ha fame sono io. Fame di informazioni, di certezze, fame di risposte che nessuno sa darmi. Tommy per primo.

Oggi non va diversamente. Lo seguo che esce, ho sempre l'impressione di rincorrerlo, anche se lui va a passo lento, strascicato.

– Allora? Com'è andata?

So che non la dovrei fare, questa domanda, che non dovrei chiedere niente, ma è piú forte di me. Capita che le sue risposte siano pungenti, quasi cattive.

«Sono riuscito a colorare dentro ai bordi, forse c'è speranza», mi ha detto una volta, sarcastico.

«Come ieri, pa'. E come domani, se vuoi saperlo», ha detto un'altra.

«Cosí», è la risposta che mi dà piú di frequente.

Io vorrei domandargli il perché mi si rivolga in questo modo, se è arrabbiato con me, che cosa gli ho fatto, tutti quesiti vuoti e inutili che ricaccio indietro, cercando di convincermi che la sua situazione non riguarda me, riguarda lui, perché cosí mi hanno insegnato.

Ma la verità è che si tratta di balle.

Siamo ricoverati in due non perché lui sia il figlio malato e io il genitore che non può abbandonarlo, ma perché questa cosa sta divorando entrambi.

Siamo ricoverati insieme, perché ciò che consuma la sua carne consuma pure la mia. Alla stregua di Franco, che sente sulle sue braccia i tagli della figlia, anche se non lo ammetterebbe, o di Elena, che assorbe la rabbia atavica di Nicholas come una spugna che filtra acqua inquinata, o ancora di Amelia, che porta il peso di Eva sulle proprie gambe, sulla propria schiena, nel proprio respiro.

Io con mio figlio condivido invece una progressiva sottrazione.

L'anoressia di Tommy è il tentativo di spogliarsi di tutto. Delle aspettative, dei progetti, degli obiettivi, della vita, perfino. Diventare anoressici, oggi lo so, è un modo per ridurre l'io all'osso, per lasciar perdere ogni cosa. E qui dentro, non c'è dubbio, all'osso siamo ridotti in due: lui una parvenza di figlio, io una parvenza di padre. Entrambi senza piú risposte.

«Lei deve capire che l'anoressia non è una condizione che c'entra necessariamente con il cibo. Il cibo è solo uno strumento. C'entra con i vuoti e con i pieni. Con vuoti che colmano altri vuoti. C'entra con qualcosa che si ha l'impressione di poter controllare: il proprio corpo e le proprie pulsioni. C'entra con la ricerca di una propria autonomia, c'entra col ribadire che la mia vita è solo mia, è inevitabile che ciò si rifletta nel rapporto con un genitore. Per questo ci vuole pazienza e totale assenza di giudizio», mi ha detto uno dei primi psichiatri con cui ho avuto a che fare.

C'entra perfino con la crudele consapevolezza che puoi colpire gli altri, le loro speranze o previsioni, il loro amore, colpendo innanzitutto te stesso. Questo però, in genere, non te lo dicono.

Quando rientriamo in camera, Tommy si infila nel letto, mette le cuffie e si isola. Io scompaio. Sono proprio lí, sulla poltrona accanto a lui, eppure è come se non ci fossi.

Ho l'impressione che gli altri genitori comunichino meglio con i loro figli, rispetto a noi due. Amelia con Eva, per esempio, dalla loro stanza esce spesso un cicaleccio di chiacchiere. Giacomo con Giulia, sebbene si scambino per lo piú comunicazioni di servizio: lui chiede, lei esegue. Perfino Franco e Marika parlano, mentre passeggiano in corridoio. Forse lui si limita a recriminare e lei si difende come può, eppure a modo loro si relazionano.

Io e Tommy, invece, in pratica non parliamo mai. Non abbocca a nessun tentativo: quando gli racconto un episodio che ho visto o sentito, quando gli chiedo qualcosa che fingo di avere scordato, quando gli propongo di guardare un film, oppure che mi aiuti in una ricerca online, finisce sempre alla stessa maniera.

«Boh», «Ah», «Non lo so», «Non mi va», «È uguale».

Ogni tanto, però, quando gli getto un amo, succede che al posto suo abbocca Giacomo. In quei momenti, grazie alla triangolazione del grande Gap, scopro cosa pensa mio figlio.

Perché il fatto è che non so piú quasi niente di lui.

So che sul suo Instagram pubblica foto col dito medio alzato, e poi le cancella.

So che si lava spesso i denti per diminuire l'appetito.

So che vomita di nascosto in bagno, lo so dai piccoli capillari che, quasi sempre, gli si rompono sul naso.

Attraverso Giacomo, invece, ho potuto sapere che gli piace la musica di un tizio che si chiama Massimo Pericolo, che ascolta i podcast di Alessandro Barbero, che i bruchi gli sono simpatici. Chiedo a Giacomo ed è come se fosse Tommy a rispondere. La sera, riferisco queste mie piccole scoperte a Grazia. Lei le commenta quasi stessi parlando di un altro dei ragazzi ricoverati, e non del nostro. È la sua maniera per non soffrire piú di quanto non faccia già. Qualche volta tace, e io so che vorrebbe domandarmi come sto, ma non lo fa mai. Credo tema la risposta.

– La mamma ce l'ha ancora molto con me?

Le parole di Tommy arrivano cosí, dal nulla, scuotendomi dai miei pensieri. Sono disorientato e sorpreso. Vorrei aspettare a rispondergli, capire quale sia la strategia migliore, ma l'urgenza di non farmi sfuggire un'occasione di dialogo è troppo forte.

– Cosa dici? La mamma non ce l'ha affatto con te, – mento, pentendomene all'istante.

– Ma sei serio? – fa una mezza risata.

Cerco di guadagnare tempo.

– E perché dovrebbe avercela con te?

Mi guarda come se gli facessi pena.

– Pa', dài.

Sono in bilico. Una parte di me vorrebbe mantenere la linea morbida, fatta di mezze bugie, o di verità aggiustate, un'altra vorrebbe essere del tutto sincera. Penso che, in questo modo, forse guadagnerei punti, se non proprio la sua fiducia. Tento un bluff.

– Direi che la mamma è arrabbiata piú con sé stessa che con te.

Ma prima che io possa avventurarmi in una spiegazione sul comportamento di Grazia, nell'ulteriore tentativo di trovarle una giustificazione credibile, lui mi spiazza.

– Okay. Ha senso, – dice.

Ha senso?

C'è una nota di approvazione, nella voce di Tommy. La sua risposta è una conferma di biasimo. Grazia farebbe bene a essere arrabbiata con sé stessa, perché forse ha una colpa nei confronti del figlio? Vorrei indagare, ma lui rigira la frittata cosí velocemente da confondermi.

– E ce l'ha ancora molto anche con te?

Devo avere un'espressione cosí incredula che Tommy mi regala la sua prima, vera risata da quando siamo qui. Rido anch'io, nonostante il nostro dialogo mi sembri surreale.

– Perché mai la mamma dovrebbe avercela con me?

Lui fissa un punto sul lenzuolo, il sorriso gli scompare dal viso. Sento che sta per chiudere lo spiraglio, cosí mi tuffo alla cieca per tentare di mantenerlo aperto ancora un po'.

– Oddio, se vogliamo, ecco, possiamo pure dire che in passato io ho commesso un intero campionario di errori, roba da fare invidia a tuo nonno!

L'accenno a mio padre lo fa sorridere di nuovo. Ho avuto un genitore che non ne ha azzeccata una, in vita sua, dagli investimenti finanziari ai vari cambi di lavoro e moglie. Misteriosamente, nessuno riesce ad avercela con lui, pure se sbaglia spesso modi, toni e occasioni. Anche con Tommy. L'ultima volta che lo abbiamo visto, prima del ricovero, nonostante le nostre raccomandazioni di non fare mai commenti sul fisico, se n'è uscito con una delle sue perle: «Ma dov'è mio nipote? Mi avete portato solo la lisca!»

– Non ce l'ha con te per gli errori, – mi sbircia da sotto in su. – Che pure ne hai fatti, eh.

– E allora perché dovrebbe avercela con me, scusa?

Si gira sul letto, si mette su un fianco, dandomi le spalle.

– Perché tu sei qui, – dice, – e lei invece no.

32.

Una chiocciola in una conchiglia

Una mano mi scuote.

– Papà. Papà!

Apro gli occhi e non capisco dove sono. Mi spavento, salto su troppo in fretta, ho un capogiro e ripiombo sulla poltrona letto. Tommy è accanto a me, la mano appoggiata sulla mia spalla.

– Cosa c'è, stai male? – chiedo.

– Nicholas è sparito.

Mi tiro su piano, ancora intontito. Giacomo dorme, Giulia invece è in piedi in mezzo alla stanza, indossa la tuta da ginnastica a righe bianche e rosa che usa come pigiama. Sta guardando fuori, verso il corridoio.

– È sparito? Che vuol dire, sparito? E tu come lo sai?

– Ho visto suo padre correre su e giú per il reparto. Pensavo che Nicholas stesse male e che lui stesse cercando aiuto, poi è entrato nella nostra camera per vedere se suo figlio era qui.

Guardo Giulia e mi rendo conto solo ora della sua espressione terrorizzata. Forse sta immaginando uno scenario da film horror: Nicholas, il bambino assassino che di notte ruba un coltello e uccide uno dopo l'altro i pazienti. Sorrido della mia idea, ma un fondo di disagio assale anche me. La verità è che tutti proviamo una sottile inquietudine nei confronti di quel piccoletto. Ha avuto tre crisi, da che è stato ricoverato qui, la prima quando ha perso a carte con Tommy, la seconda quando non voleva andare a parlare con la dottoressa e si è aggrappato allo stipite della porta urlando come un ossesso, la terza quando un'infermiera, durante un prelievo, gli ha inavvertitamente fatto male.

Non abbiamo visto nulla di straordinario in nessuna delle tre occasioni, solo un ragazzino paonazzo che gridava tutte le parolacce che conosceva. Ma sappiamo bene che c'è un potenziale piú pericoloso, in quel paziente che non arriva a quaranta chili, e ognuno di noi pensa d'istinto a proteggere i propri figli.

Esco in corridoio, le luci sono ancora basse, ma c'è piú movimento del solito.

Marco sta parlando con Lorena, l'infermiera che oggi ha il turno di notte. Mi avvicino e mi accorgo che la donna lo sta tenendo fermo con entrambe le mani.

– Mi scusi, può rientrare nella sua stanza, per favore? – mi dice con gli occhi fissi su Marco.

– Mi sono addormentato cinque minuti! Cinque minuti! – continua a ripetere lui.

Alle loro spalle due infermieri, Stefano e Alessandra, stanno entrando nelle sale di servizio e nei bagni. Nonostante il rimprovero ricevuto, mi avvicino di piú. Amelia si è affacciata sulla porta, Franco nella sua stanza sta protestando per il rumore, dalle altre camere qualche genitore scocciato chiede cosa stia succedendo.

– Niente, niente, tornate dentro! – risponde Lorena, senza staccare gli occhi da Marco. – Non può aver preso l'ascensore, anche conoscendo il codice, perché di notte funziona solo con la chiave.

– Mi sono addormentato cinque minuti, – dice ancora Marco.

– Stia tranquillo. Ora lo troviamo, – ribadisce Lorena.

Sono ormai a un passo da loro.

– Lo tengo io, – dico, parlando di Marco neanche si trattasse di un neonato.

Lorena mi scocca un'occhiataccia, ma è evidente che vorrebbe aiutare i colleghi.

– Non dorme da due notti, – precisa, e mi affida il giovane padre.

Io lo prendo per le braccia, come faceva lei, e mentre Lorena parte a passo svelto per raggiungere gli altri, sento che il tremito dell'uomo si trasmette da lui a me. Sta crollando. Per la stanchezza, per la tensione, per la paura: Marco sta venendo giú.

– È un bambino, forse non aveva sonno, sarà andato a farsi un giro qui attorno, – tento di minimizzare.

– Cinque minuti, – dice ancora lui, un istante prima di scoppiare a piangere.

Il suo pianto mi imbarazza. Mi vergogno di ciò che provo, so che dovrei fare qualcosa, ma le sue lacrime sono cosí violente, lo scuotono, lo sconquassano, è in preda a un pianto primordiale e senza freni. Amelia mi salva, si infila tra me e lui e lo abbraccia, tenendogli la testa sulla spalla. Marco singhiozza, farfugliando mezze frasi che io non capisco, ma che lei forse intuisce.

– Non è colpa tua. Facciamo del nostro meglio, di piú non è possibile, – dice accarezzandogli i capelli.

Arretro di un passo e nel mio campo visivo entra Tommy. È uscito dalla nostra stanza e sta entrando in quella di Amelia ed Eva. Un paio di secondi dopo si affaccia e ci fa cenno di avvicinarci. Gli infermieri accorrono, ma Tommy si mette un dito sulle labbra.

– *Sssht*, – dice.

Mi rendo conto che sono anni che non lo vedo fare quel

gesto, che non gli sento emettere quel suono. Gli infermieri lo ignorano e quasi lo travolgono nella foga di entrare. Entriamo tutti, Amelia allarmata trascinandosi dietro Marco, tenendolo per mano.

Nicholas è lí, nel letto di Eva, che dorme appiccicato a lei.

La schiena contro i suoi seni, le gambe raccolte contro il petto, nascosto quasi per intero dalla mole della ragazza che russa piano, sdraiata su un fianco, rivolta alla finestra.

– Oddio, ma quand'è successo? – sussurra Amelia.

Per un momento nessuno sa che fare. Cosí raggomitolato, Nicholas sembra ancora piú piccolo, una chiocciola in una conchiglia piú grande. Stefano, l'infermiere, si gira verso Marco e gli fa un cenno. Marco non si muove. Stefano ripete il gesto, scambia un'occhiata con Lorena, si china e prende delicatamente in braccio Nicholas, cercando di non svegliarlo. Percorre lento il corridoio, sposta il bambino in camera sua, tre porte piú in là, e lo rimette nel suo letto. Aspettiamo che Marco li raggiunga, poi tutti rientriamo nelle nostre stanze.

– Come lo sapevi? – domando a Tommy.

Lui si stringe nelle spalle.

– Nicholas oggi ha chiesto a Eva se le piacerebbe diventare mamma, – dice, mentre io lo guardo, interrogativo. – Eva ha detto di no.

Non aggiunge altro, quasi a farmi intendere che dovrei arrivarci da solo. Infine sospira.

– Poi le ha chiesto se le piacerebbe *fare* la mamma. E, solo allora, Eva ha detto di sí.

Prima che io possa avere ulteriori delucidazioni, si sdraia e mi dà le spalle.

Sulla porta si affaccia Lorena, che butta lí un veloce: – Grazie.

Alzo la mano per salutarla, ma lei è già andata. La guardo allontanarsi e raggiungere Marco.

Mi rimetto giú sulla mia poltrona di pelle dura, però non mi sdraio. Dalla mia visuale noto che i due parlottano a lungo. Infine, d'un tratto, Marco esce dall'inquadratura e Lorena prende in mano il telefono.

Mezz'ora dopo, Marco attraversa il corridoio a capo chino.

Pochi minuti piú tardi, sua moglie lo percorre in direzione opposta.

33.

Una spugna imbevuta di veleno

L'improvviso ritorno in reparto di Elena ci ha presi alla sprovvista.

È come se questo posto l'avesse reclamata indietro. La cosa ci ha messi tutti un po' in subbuglio.

Nessuno ha niente contro di lei, figuriamoci, ma il fatto è che se in suo marito era evidente la paura, il timore di sbagliare ogni passo, addirittura il terrore di non esserci stato nel momento decisivo, la sua presenza risultava comunque meno inquietante rispetto alla pacifica rassegnazione della moglie. So che la mia impressione è condivisa. Mi sono chiesto perché sia cosí.

Credo sia perché Elena porta in faccia la testimonianza di ciò che piú ci spaventa: i lividi della battaglia quotidiana con i figli. I suoi sono visibili, i nostri sono nascosti da qualche parte. Per questo, ogni tanto, è possibile non sentirli, perfino sperare di averli sognati. Quando guardo lei, invece, capisco che tutti noi siamo protagonisti di un confronto che siamo destinati a perdere. Perché la carne che ci ferisce è la nostra. Perché, dopo aver passato una vita intera a tentare di proteggere i figli, ossessionati dall'idea di tenerli al sicuro, abbiamo scoperto che il coltello sono proprio loro. E che non c'è salvezza da questo.

Lo stesso Nicholas, con la sua rabbia apparentemente senza spiegazione che lo abita come un inquilino abusivo, ci pone davanti a una verità che preferiremmo fingere di ignorare. E la verità è che, spesso, non possiamo fare niente. Che in certi giorni l'amore può significare solo stare lí, a prendersi in faccia il vento, la pioggia, la siccità e le tempeste, pure quando sentiremmo di non meritarcele. Soprattutto allora. Perfino quando crediamo di aver pianificato la rotta con cura, e ci tocca confrontarci con l'evidenza di un viaggio assai diverso da quello che ci siamo illusi di aver scelto.

Inoltre, qui dentro le emozioni risultano esasperate, come in un teatro progettato per amplificare i suoni. Ecco perché le stonature si percepiscono di piú. Ecco perché ci sono giorni in cui qualcuno che se ne va, o qualcuno che ritorna, è in grado di alterare equilibri, di far vibrare l'aria in maniera differente.

Amelia, per esempio, da che Elena è stata costretta a sostituire Marco, manifesta una strana forma di irrequietezza. Forse rivede nella donna la frustrazione di chi non può fidarsi del partner. La consapevolezza – come mi ha confessato un pomeriggio – che «se ho bisogno di una mano, non la posso chiedere a Paolo». Quando le ho chiesto perché, lei mi ha detto: «Perché Paolo non ascolta. Non è un uomo cattivo, ma ha un solo modo di fare le cose: il suo. Non legge le istruzioni nemmeno se deve montare una cassettiera Ikea, e il risultato è che a casa siamo pieni di mobili a cui mancano due viti, dai quali è avanzato un perno, tutto cosí. E, con Eva, questa modalità è pericolosa». Credo che, involontariamente, Elena con la sua presenza rammenti ad Amelia la propria solitudine.

È da stamattina che il suo sguardo è diverso dal solito.

Quando la vedo uscire dallo studiolo degli psichiatri, per un aggiornamento su sua figlia e sull'accaduto, le faccio un cenno e la invito a sedersi con me, sulle poltroncine accanto all'ascensore. Tommy è sul suo letto che ascolta la musica in cuffia, Eva sta giocando con Nicholas. Franco si affaccia dalla porta della sua camera con l'espressione di un animale in gabbia, ci vede, si gira un secondo verso l'interno della stanza, pare volersi accertare che sia tutto in ordine, poi s'incammina nella nostra direzione.

– Tanto sta dormendo, – dice riferendosi a Marika, non appena ci raggiunge.

Amelia si siede e appoggia la testa contro il muro, fissa il soffitto. Ha l'aria di chi ha appena ricevuto una brutta notizia.

– Giornata complicata? – butto lí.

– I dottori mi hanno sgridata.

– Cosa?

– Mi hanno detto, in modo gentile, è chiaro, che devo stare piú attenta, perché è strano che io non mi sia accorta di niente. Nel caso specifico, non è accaduto nulla di grave, però mi hanno ricordato che noi siamo qui apposta per vigilare sui ragazzi. Che se è vero che il padre di Nicholas avrebbe dovuto vigilare su di lui, io dovevo prestare attenzione a Eva e alla nostra stanza. Perché siamo ricoverati con loro, a tutti gli effetti.

– Come se non lo sapessimo, – dico.

– Uno adesso la notte non può manco dormire? – dice Franco. – E le infermiere, allora, dov'erano? Possibile che nessuna abbia visto un ragazzino che si aggirava da solo nei corridoi?

– Le infermiere hanno già il loro bel daffare, – chiosa Amelia.

Franco sbuffa, io mi limito a tacere. In lontananza, la sagoma di Perla avanza spingendo un carrellino che produce un cigolio sinistro. La vedo sparire dietro una porta.

– Oggi sarei dovuta essere a una festa, – se ne esce Amelia, senza preavviso. D'un tratto sorride, mentre continua a guardare in su.

– Niente di che, eh, – chiarisce. – Una collega che va in pensione. Hanno spostato due volte la data per far sí che ci potessi essere anch'io, ma alla fine gli ho detto di smetterla. Lasciatemi perdere, lasciatemi indietro, che tanto vi ripiglio, ho scherzato con la mia collega. Non volevo rovinare un momento bello, facendoli sentire in colpa. O facendogli pena.

Chiude gli occhi per un attimo, inspira a fondo, poi butta fuori l'aria tutta insieme.

– Eh, – commenta Franco, in piedi davanti a lei. – Io oggi sarei dovuto essere a Hong Kong per la chiusura di un contratto, figurati. E comunque sarai assieme a loro con lo spirito, dài.

C'è qualche secondo di silenzio. Penso che a Franco manchi proprio l'attitudine a confortare le persone.

– Lo spirito? – sorride ancora lei. – E chi ce l'ha piú, lo spirito?

Io e Franco ci guardiamo. C'è un non so che di sinistro nel ripetuto sorriso di Amelia, in questa specie di forzosa allegria. Mi ricorda quella di sua figlia. Non lo dico.

– Ma non poteva sostituirti tuo marito, almeno per stasera?

– Avrebbe potuto, sí. Si è anche offerto. Sono io che non ho voluto.

Si gira verso di me e ora lo vedo con chiarezza: il suo sorriso consiste solo nello stirare le labbra e scoprire i denti, come il ghigno di certi cani, forse si tratta di un riflesso nervoso. E nel suo sguardo, per la prima volta, vedo agitarsi qualcosa di cupo e feroce. Disperato.

– Che andavo a fare? A chiacchierare fingendo che tutto andasse bene fino a quando qualcuno, immancabile, non mi avrebbe domandato di Eva? E allora, cos'avrei risposto? Ho già dato le risposte possibili, ho detto che sta come al solito, che ci vuole pazienza, che è molto difficile, che ci stiamo lavorando, che non può ancora stare meglio, che non *vuole* stare meglio, che però non sta peggio, che ogni giorno che passa è un giorno guadagnato, ogni possibile frase di circostanza e ogni pietosa bugia e ogni nuda verità, mi sono già giocata tutto, – dice con un filo di voce. – Ma la verità vera, quella che non si può dire, quella che per una madre è sconveniente e oscena, è che non me ne frega piú niente di come stia Eva.

Franco mi guarda, incredulo, i suoi occhi sembrano dire: «L'ha detto sul serio?»

– È che passo la vita a cercare di svuotare il mare con un ditale, – prosegue, – voi piú di chiunque altro sapete bene che intendo. Voglio dire: ma di che stiamo parlando? Come sta Eva? Non lo so piú, forse non l'ho mai saputo. Esiste, Eva? C'è ancora una ragazza sotto tutti quei chili, sotto le scenate, i pianti, le accuse, i ricatti, le recriminazioni, le manipolazioni, il vittimismo? C'è, c'è mai stata? Perché io, credetemi, davvero non lo so. Se mi chiedete com'è fatta mia figlia io rispondo: boh? So com'è fatto il suo male, di quello conosco ogni aspetto, ogni anfratto. So ciò che devo o non devo fare, ciò che posso o non posso permettermi con lei, so quello che mi è consentito dire, cioè poco, pochissimo, e comunque quel poco va espresso esclusivamente nel modo che mi hanno insegnato qui dentro. Guai a farla sentire giudicata, guai a rimproverarla, guai a sbagliare tono. Eva non è una ragazza, non è una persona, è il manuale per le istruzioni di un esplosivo, è l'incarnazione del «maneggiare con cura».

Inaspettatamente, estrae dalla tasca una boccetta di vetro. Credo sia un ansiolitico. Ne svita il tappo, si lascia cadere qualche goccia sulla punta della lingua. Deglutisce con una piccola smorfia.

– Sono anni che, soprattutto a casa, studio come mi devo comportare con mia figlia, sempre sul limite, sempre con la paura folle di commettere un errore, con il timore delle conseguenze. Ormai ho paura pure di dirle «salute» se starnutisce o di batterle piano sulla schiena se bevendo le va l'acqua di traverso. Sono cosí piena di angosce, cosí colma di rancore, sono una spugna imbevuta di veleno. E il veleno è lei. Lei con il suo male oscuro, arrivato da chissà dove, chissà perché, e io che ancora non riesco a capire la ragione per cui è diventata cosí, per cui ci intossica. Me, suo padre, i cugini... I nonni per fortuna sono stati graziati perché sanno un milionesimo di quanto succede davvero. E non solo loro. Perché ci sono io a fare da filtro con chiunque, con i parenti, con gli insegnanti, con i vicini, sono io che trattengo il peggio perché nessuno pensi di lei l'unica cosa vera che c'è da pensare: che Eva ci sta rovinando la vita. Che è un'egoista, una parassita che non ama nessuno, nemmeno sé stessa. Non so descrivere fino a che punto non gliene freghi niente dell'inferno che fa passare a noi, non ci ha mai chiesto, non dico scusa, ma neanche come stiamo, non ha mai restituito nulla di quello che le abbiamo dato. Lei sa solo prendere. Prende, toglie, succhia le nostre energie fino all'ultima goccia, poi le sputa via. E io sono cosí stanca di farmi prosciugare, sono stanca di non riconoscermi piú allo specchio, di non avere una vita, qualcosa per me che duri piú di un tè al limone schifoso al distributore di un ospedale, o di due parole seduta davanti a un ascensore, mentre le infermiere ci guardano contando i minuti. Io non esisto piú. Sono solo la madre di Eva, nient'altro. E sono cosí abituata a non esistere piú che ormai non soffro nemmeno. Ma tanto, anche se soffrissi, lei mi guarderebbe con la sua espressione da Santa Maria Goretti, la povera figlia addolorata che si porta sulle spalle tutto il dolore del mondo, compreso il mio. Per mia figlia io non sono niente, non conto niente. Mi sono annullata per accudirla, come fanno quelle povere madri dei bambini invalidi, o cerebrolesi, ma lei è sana! È sana! Solo che vuole essere malata, vuole essere riconosciuta nella sua condizione di danneggiata, e vuole che tutti soffriamo per lei. Con lei. Certi giorni io credo di odiarla. Anzi, non lo credo: lo so.

Le ultime due parole si congelano nell'aria. Nessuno di noi dice piú niente. Lei alza la mano sinistra davanti a sé, la tiene cosí per qualche secondo. Si guarda la fede nuziale. Sorride, e stavolta è un sorriso vero.

– Io e Paolo ci siamo sposati in una cappella affacciata sul mare. Tirava un vento tale che si sentivano metà delle parole del prete.

Si gira verso di noi, come se solo adesso avesse realizzato che siamo lí, accanto a lei.

– Scusatemi, scusatemi davvero. È che sono cosí stanca, – conclude in un sospiro, quasi piangendo.

– Sono stanco io solo per averti ascoltata! – butta lí Franco.

La frase, in una situazione normale, suonerebbe inopportuna, nel mondo là fuori sarebbe disdicevole, soprattutto se detta al termine di una confessione cosí intima e dolorosa. Invece qui è una manna inattesa, un breve squarcio nel buio, e forse per questo attacchiamo a ridere, sempre piú forte, sempre piú scomposti, fino a quando Perla non viene a vedere che succede, ridiamo come studenti in gita seduti nelle ultime file del pullman, lo facciamo come se ridere fosse la nostra unica difesa dal mondo, come se, con quelle due parole ancora congelate sopra di noi, dentro di noi, non ci restasse da fare nient'altro.

34.
Centomila chilometri

Amelia ha detto ciò che in molti pensiamo, ma che non possiamo ammettere.

Se l'odio di un figlio per i suoi genitori è nell'ordine delle cose, al punto da essere quasi una tappa evolutiva necessaria, il pensiero di odiare un figlio, per un padre, per una madre, è al contrario qualcosa di osceno, vergognoso, impronunciabile, sebbene in certi momenti ti sembri tutto ciò che rimane.

È per questo che Grazia non vuole piú venire in ospedale con Tommy, anche se questo a lui non posso dirlo.

È perché non vuole odiarlo. Perché non vuole avercela con lui. Perché vuole tenergli nascosto lo sconforto, il senso di fallimento per il tempo passato a portarlo dagli psicologi, a cucinargli pietanze su misura, a credergli pure quando mentiva, a tenergli la testa mentre vomitava. La consapevolezza che niente sembra essere servito a niente. In una situazione coercitiva, claustrofobica come la convivenza qui in reparto, la frustrazione feroce di Grazia rischierebbe di tramutarsi in un'ondata di puro risentimento, che travolgerebbe entrambi.

Il fatto è che il risentimento, proprio come l'odio, ha spesso a che fare con l'amore.

È il confine invisibile che stabilisce ciò che non vogliamo, quel che non riusciamo ad accettare, è una forma di umana difesa, è l'incapacità di sopportare la perdita di qualcuno che vorremmo ancora lí: il nostro bambino sereno, il suo viso che continuiamo a vedere in trasparenza, dietro al volto dell'adolescente ferito che ne ha usurpato il posto.

Odio e amore sono fatti della stessa materia, però sottoposta a pressioni diverse, come il magma che diventa roccia, come la sabbia quando si trasforma in diamante. Ma se l'amore riguarda a volte un'attesa visionaria, l'odio può riguardare un'aspettativa costantemente tradita: ci aspettiamo che accada qualcosa, che una sofferenza prima o poi finisca, che l'innocenza ritorni, anche davanti all'evidenza che cosí non sarà. Siamo cani che, a ogni boccone negato, sperano comunque nel successivo, dominati dalla pura caparbietà del desiderio.

Ma se anche un cane alla fine si arrende, un genitore, invece, arrendersi non può.

È questa la sua piú grande risorsa.

È questa la nostra eterna condanna, penso mentre rientro in stanza per sedermi a un metro da mio figlio, a trenta chilometri da Grazia e le bambine, a centomila chilometri da ciò che siamo stati.

35.

La ragazza che trema

Oggi il pomeriggio si srotola piú lento del solito.

Cammino in corridoio e intercetto Franco: è al telefono con la moglie, si sta lamentando di non aver ricevuto sufficienti cambi d'abito.

– Me li potevi far portare da tua sorella! – la rimbrotta. – Quando ha bisogno lei, sei sempre lí a correre, per una volta poteva alzare il culo per venire qui da noi, no?

Mi dico che per quella povera donna, in fondo, il ricovero della figlia con annesso il marito dev'essere una specie di vacanza. Mi sento subito in colpa per averlo pensato. E poi a Franco, in un paio di occasioni, è sfuggito quanto moglie e figlia siano in realtà intimamente legate. Dice che lei e Marika, in questi giorni di ricovero, si scambiano continui messaggini. Gli altri ragazzi, in genere, usano poco il telefono per parlare con i parenti, Tommy incluso.

Oggi è un'eccezione.

Oggi me ne sto fuori dalla stanza proprio perché mio figlio è al telefono con la madre. Non oso allontanarmi piú di tanto, dopo la strigliata dei medici ad Amelia, ma non posso nemmeno stare troppo nei pressi: Tommy detesta che origli le sue chiamate.

Anche a distanza, so che sta parlando quasi solo lei.

Mi sembra di vederlo mentre le risponde: «Ah-ha», ogni tanto fa un verso, appoggia la testa indietro e alza gli occhi al soffitto, oppure si gira verso la finestra.

Ci vedo comunque del buono.

Perché Grazia, nonostante viva la situazione del ricovero con angoscia, nonostante si senta tradita e delusa, si sta impegnando a parlare con lui. E lui non ha tagliato corto, interrompendo la telefonata dopo un minuto o due, come succede di solito.

In questo pigro pomeriggio di calma apparente, l'unica nota davvero allegra proviene dalla stanza di Eva, attraverso la voce di Nicholas.

Anche dopo l'incidente notturno, è impossibile impedire al ragazzino di avvicinarla.

«Potrebbe addirittura essere controproducente», hanno detto i medici.

Perciò, per lui, ogni scusa è buona per andare a trovarla. E poi sua madre ha ragione: dietro la furia, c'è un bambino affettuoso e vivace, capace perfino di far stare bene le persone.

Lui ed Eva sono sul letto della ragazza.

Stanno cantando una vecchia canzone del *Muppet Show*, *Mah na Mah na*, dividendosi le voci e scambiandosi le parti. Ridono, ride pure Elena. Amelia invece no. Credo che le bruci ancora l'essere stata ripresa cosí duramente, proprio lei che ha sempre tenuto un comportamento ineccepibile. O forse le nubi del suo sfogo non si sono ancora diradate. È scura in volto, tiene le braccia incrociate, osserva sua figlia fare la bambina con un giovanissimo paziente che, bambino, lo è per davvero. È evidente che viva la situazione con un certo fastidio.

– Ma come fanno a conoscere quello show? Lo davano in tivú quando ero piccolo io, – dico avvicinandomi.

– Internet, – risponde laconica lei.

Ora che inquadro meglio la scena, mi rendo conto che è Eva a essere seduta sul letto, mentre Nicholas sta ballando in piedi davanti a lei. Si esibisce per distrarla, per renderla felice, e sembra funzionare, perché la ragazza appare serena. Ha i capelli pieni di nastrini colorati attaccati alla bell'e meglio, forse risultato di un gioco precedente.

– Io sono Kermit! – grida il bambino.

– E io sono Miss Piggy! – risponde Eva.

Nicholas crolla su di lei, le appoggia le mani sulle cosce e scuote la testa.

– No! – dice. – No, tu sei quella bella, bionda e con le labbrone. Miss Piggy è antipatica.

Si guardano, al limite dell'adorazione reciproca. Poi Nicholas si volta verso Amelia.

– Miss Piggy è lei! – dice indicandola.

– Grazie tante, – risponde Amelia, che forse vorrebbe avere un tono leggero. La sua voce suona invece troppo seria, quasi risentita.

– Dài, Nic, non è una cosa carina, hai appena detto che è antipatica, – interviene Elena, sorridendo.

Eva, al contrario, si fa d'un tratto cupa. C'è nell'aria una tensione che non mi spiego. Nicholas fissa Amelia, non le ha tolto gli occhi di dosso da quando l'ha indicata, e non pare avere nessuna intenzione di scusarsi.

– Infatti, lei è antipatica, – insiste.

– Posso dire che non sei tanto simpatico neppure tu? – se ne esce Amelia.

Sono tentato di intervenire, ma sono decisamente il terzo incomodo, anzi, il quinto, se si contano i presenti, e non sta a me fare da arbitro.

Nicholas non abbassa gli occhi nemmeno dopo aver ricevuto la punzecchiatura. D'un tratto ha uno sguardo diverso, mi verrebbe da dire «maturo», ma come può esser maturo un bambino di undici anni? Per un attimo, nella mia testa, a Nicholas si sovrappone il ricordo di suo padre, confronto i loro occhi: sempre pieni di paura e smarrimento quelli del secondo, tenaci e orgogliosi quelli del primo. Nella mia immaginazione, i loro ruoli si ribaltano. Il figlio sembra un padre, il padre sembra un figlio.

– Almeno io non sono un maiale, – sentenzia il ragazzino.

Elena lo interrompe.

– Ma cosa ti passa per la testa? Chiedi scusa! – gli intima prendendogli la mano.

È come assistere alla caduta dei sassolini iniziali di una frana, un istante prima che il costone di roccia precipiti. Ma il luogo dove tutto accade non è lí, in prima linea, nelle labbra serrate di Amelia, o in Elena che si china su Nicholas, o in lui che si divincola e libera la mano da quella di lei.

Il luogo dove tutto accade è il letto di Eva.

La ragazza trema.

Non si tratta di un tremore qualunque, il suo corpo pare scosso dall'interno, la ragazza vibra e il letto vibra con lei, quasi una scossa sismica agitasse solo quel punto della stanza.

– Neanche io sono un maiale, Nicholas, – dice Amelia.

Lei non si sta accorgendo di niente, o cosí mi pare, talmente è concentrata a rintuzzare il bambino. Si trattiene perché sappiamo di dover stare attenti, ma la spinta della rabbia gliela leggi nella tensione del collo. Il piccolo abbassa appena la testa. Mi aspetto che abbia uno dei suoi attacchi e che la carichi come un bisonte. Non ha senso che mi faccia paura, è un ragazzino che peserà trenta chili bagnato. Invece, in uno strano modo, una parte di me lo teme. È come se Nicholas fosse il grido primitivo che si agita dentro ogni adolescente della Terra. La furia archetipica della prole destinata a uccidere i genitori.

Ma Nicholas non carica nessuno, e non si accorge del tremore di Eva alle sue spalle, non fa nulla di ciò che mi sarei aspettato. Dice solo una frase, che però gela l'aria.

– Se tuo fratello è un maiale, anche tu lo sei.

Finisce tutto cosí.

Restiamo sospesi, immobili come i soggetti di un ritratto di famiglia, ognuno nella propria posizione, perfino Eva nel suo tremore, che ora fa oscillare il letto con un cigolio che pare un lamento.

Elena prende Nicholas per le spalle, gli si accoccola accanto, gli parla con voce bassa ma decisa. Non sento cosa gli stia dicendo, ma intercetto lo sguardo di Amelia che si posa interrogativo sulla figlia.

– Me lo ha detto lei, che suo zio è un maiale, – protesta Nicholas con una calma feroce.

Il terremoto che sembra aver investito il letto di Eva allarga il suo epicentro e raggiunge Amelia. Le sue braccia conserte si stringono, le dita artigliano la carne nel tentativo di tenerle ferme.

– Eva? – chiede Amelia.

– Oddio! – la ragazza si copre la bocca con entrambe le mani, inizia a singhiozzare, poi a produrre un fischio acuto, come quello di un animale selvatico davanti a un predatore.

Elena mi guarda, prende in braccio il figlio quasi fosse un neonato e lo porta via, con l'urgenza di una madre che deve sfuggire a un bombardamento.

– Che succede?

La voce di Tommy giunge dalle mie spalle, provvidenziale. Deve aver terminato la telefonata con Grazia. Deve avere sentito il grido di Eva.

Arretro mentre Amelia avanza, sento la mano ossuta di mio figlio che mi tocca la spalla, penso subito che devo allontanarlo da lí, avverto i passi delle infermiere in avvicinamento.

– Eva, – dice ancora Amelia, con un filo di voce, posando un palmo sulla guancia umida della ragazza.

– Scusa, mamma, – singhiozza la figlia. – Scusa, – continua a ripetere, mentre affonda il viso nel collo di sua madre.

36.

Non serve a niente

– Non volevo che rimanesse da solo.

Gli occhi di Amelia sono cosí gonfi che non capisco come faccia a vedere.

Le ho passato i fazzoletti di carta che tenevamo nell'armadietto. Quando ho capito che non sarebbero bastati, ho preso delle salviette dal bagno.

Tommy è sorvegliato da una delle infermiere. Ho chiesto che, in via eccezionale, mi consentano di restare qui fuori finché sarà necessario.

– Sarebbe dovuto venire insieme a mia madre. Lei era appena rimasta vedova, lui non si è mai sposato. In quel momento di emergenza ci era sembrata la cosa piú logica, casa nostra è grande e Paolo non c'è quasi mai.

Respira a grandi boccate, parla e le parole si rovesciano fuori come grandine, non riesce a fermarle.

– Mia madre, te l'ho detto com'è fatta, è voluta rimanere a casa sua. Non gliene fregava niente di farci stare in pensiero durante il Covid, aveva paura che i ladri entrassero a rubare, soprattutto dopo la morte di papà. Con quello che stava succedendo, una pandemia mondiale, lei pensava ai ladri. E allora è venuto solo lui, mio fratello. Io sono stata contenta, non sapevamo ancora come avremmo fatto con il lavoro, forse potevo occuparmene da casa, ma se fossi dovuta andare in ufficio Eva sarebbe rimasta in casa senza nessuno che badasse a lei.

Respira di nuovo, inghiotte una quantità enorme di aria, quasi cercasse di soffocarsi con l'ossigeno. Fa una lunga pausa, poi ricomincia.

– Lui non lavorava già da qualche mese. Era un pezzo che le cose andavano male, nella sua azienda, hanno lasciato a casa prima le persone non indispensabili, quindi i venditori, infine tutti gli altri. Non si è nemmeno messo a cercare, diceva che in quella situazione era impossibile. Allora ho pensato che, forse, potevamo esserci utili reciprocamente. Sarebbe potuto venire da noi, aiutare un minimo nelle faccende, stare con Eva durante le mattinate di didattica a distanza, cosí Paolo e io, che eravamo al lavoro, avremmo potuto essere piú tranquilli. Invece… invece… – prosegue fissandomi attraverso le fessure delle palpebre.

Distolgo lo sguardo per primo. Non so che dire, che fare, mi limito a esser lí e basta. Una roba cosí non riesco neanche a immaginarla. Mentre ascolto la confessione, nella stanza sei c'è gran fermento: le infermiere entrano ed escono per dare disposizioni, tutte le carte finiscono nelle mani di Paolo, il marito di Amelia, che ho visto per la prima volta oggi. Non si sono parlati, perlomeno non davanti a me, ma da quando è arrivato è stato lui a prendere in pugno la situazione, a discutere con il personale, a preparare i bagagli della figlia, a firmare le carte per il trasferimento.

Perché Eva oggi se ne va.

Il quadro emerso non è piú una faccenda risolvibile in un reparto psichiatrico d'ospedale: ci sono accertamenti clinici da fare, un dramma familiare da capire, sarà un percorso lungo e doloroso, per tutti.

Sarà un duro colpo per Tommy, anche se non lo darà a vedere, come suo solito.

Per Nicholas, poi, non oso neanche pensarlo.

Sarà difficile pure per me lasciare Amelia, sebbene sia difficile, ora, assistere in silenzio alla sua devastazione.

Eva non aveva quindi disfunzioni metaboliche, non era rimasta vittima di mode o cattive influenze, non era regredita per il contraccolpo di qualche trauma adolescenziale. Eva era stata molestata da una persona che amava, di cui si fidava, un uomo che ha cominciato seguendola nei compiti, che al pomeriggio l'aiutava a mettere in scena reel infantili e ammiccanti da pubblicare di nascosto sui social.

Un uomo con cui rimaneva ogni giorno, durante l'isolamento sociale che ha riguardato una generazione di adolescenti. Un uomo, un fratello con cui Amelia l'aveva lasciata sola. Perché faceva comodo, un adulto di riferimento in casa. Perché sembrava una soluzione a un doppio problema.

– Non mi sono mai accorta di niente, – dice mordendosi le labbra.

Ha ripetuto questa frase dozzine di volte, l'ha detta a me, ai medici, perfino al marito. Non la dice come scusante. È un'implacabile accusa che rivolge a sé stessa.

– Le ho portato un mostro in casa e non mi sono accorta di niente, – riesce a stento a dire. – Ma poi perché, perché non ce lo ha detto? Perché abbiamo dovuto scoprirlo… cosí?

Vorrei avere una risposta. Ma la verità è che nessuno riuscirà mai a spiegarsi perché, dopo un lungo periodo di silenzio e bulimia e alimentazione incontrollata, in cui Eva si era costruita un corpo respingente e inaccessibile per mondare la colpa che sentiva, per punirsi dell'incendio di cui si riteneva forse responsabile, avesse lasciato trapelare tutto l'orrore provato proprio con un bambino. Forse la spiegazione sta nel fatto che Nicholas ha undici anni e che Eva era poco piú grande, quando quello schifo era iniziato. Forse, se ti confidi con qualcuno che non percepisci in alcun modo come una minaccia, scompaiono sia la vergogna che il senso di colpa.

– I dettagli non li sappiamo. I dettagli, capisci? È una cosa enorme già cosí, ma noi dobbiamo scoprire i dettagli, per capire fino a che punto… Non è una cosa che possiamo gestire qui.

La voce di Amelia si spezza, non riesce ad andare avanti.

Mi avvicino e la abbraccio, non sono neanche sicuro che se ne accorga.

Suo marito si affaccia sulla porta della stanza, passa oltre con lo sguardo, come se non ci vedesse. Amelia si fa carico di ogni colpa, lui usciva per lavorare, quando lavori per le ferrovie non puoi permetterti di fermarti, nemmeno se il resto del mondo lo fa. Era lei a dover vedere. Era lei a dover capire. O cosí crede.

Eva non è già piú nel reparto, non saluterà nessuno, i medici hanno deciso per uno spostamento immediato. Ora si trova da qualche parte, altrove, in questo ospedale che oggi piú che mai appare immenso. Il marito di Amelia è uscito dalla stanza, ha due borse in mano. Ci guarda e aspetta. Franco è in camera con Marika. Elena è impegnata a tenere il figlio distante, per evitare ulteriori scenate, anche se dopo la tempesta Nicholas si è chiuso in un mutismo innaturale per lui. Tommy e Giacomo sono con Giulia e le infermiere. Del gruppo ci sono solo io. Mi sciolgo delicatamente dall'abbraccio, tengo Amelia per le spalle, aspetto che sia pronta, solo allora stacco le mani.

– Chiamami, okay? Fammi sapere come andranno le cose, – riesco a dire.

Lei abbassa gli occhi sul pavimento.

– Non serve a niente, vedi? – dice, come se stesse rispondendo a una domanda che non c'è stata.

– Cosa?

– Saperlo. Sapere quand'è iniziata, conoscere i motivi, non serve a farti stare meglio, – dice un attimo prima di allontanarsi per sempre.

37. Un quattordicenne come tanti

Accade dopo l'estate della terza media.

Settembre si apre con la novità del liceo, parti con entusiasmo verso la nuova avventura scolastica che si dispiega davanti a te come una promessa.

Quasi subito, però, appare chiaro che le cose non vanno nella maniera in cui ti aspettavi.

Non leghi con i compagni, ti sembra d'un tratto di non riuscire a stare al passo, nonostante i tuoi sforzi non sei piú il primo della classe.

Tua madre e io cerchiamo di rassicurarti, ti diciamo che è normale, che eravamo pronti, nessuno ti fa una colpa per le tue difficoltà. – Gli amici di scuola, poi, sono un po' come i parenti, ti tocca beccarti quelli che ti capitano, – provo a scherzarci su.

Ma c'è qualcosa nei tuoi occhi che è cambiato.

C'è uno spaesamento nuovo, imprevisto, davanti al quale non ti senti minimamente pronto.

La tua incredulità, per quanto cerchiamo di mascherarla, si riflette nella nostra.

Non combaciare piú con l'immagine che le persone hanno di te ti causa un inatteso contraccolpo. Lo sguardo degli altri è il problema: il modo in cui quello sguardo ha sempre rappresentato una specie di validazione sociale, la maniera per essere riconosciuto e amato, la conferma del tuo essere speciale. Ora, invece, d'un tratto ti senti un quasi quattordicenne come tanti.

Ti proteggi dai primi brutti voti mentendo.

Noi fingiamo di crederti, ma, attraverso il registro elettronico, tua madre e io conosciamo la verità. Forse questo accresce la vergogna che senti.

Anche i tuoi comportamenti in casa cambiano.

All'improvviso, ci vivi come se fossimo arrivati nella tua esistenza solo per dirti di studiare o di riordinare la camera. Come se prima di allora non fosse esistito niente. Come se non ci fossero mai state le nostre giornate insieme, le favole prima di dormire, gli abbracci sul divano, le gite in auto a cantare le canzoni dei cartoni o i pomeriggi al parco giochi. Ti alzi da tavola senza sparecchiare, sbatti le porte, cominci a ignorare le tue sorelline, inizi ad ascoltare musica orrenda. Riceviamo le prime due note disciplinari dal tuo istituto.

C'è una sola cosa che sopravvive del te precedente.

Il nuoto è ancora la tua passione, resta un regno in cui brilli. Rimane un posto in cui perfino io mantengo il diritto di entrare ancora.

E poi, senza preavviso, in un marzo qualunque, anche quello finisce.

Non è colpa tua, non è colpa nostra.

È la vita di tutti che diventa una fotocopia sbiadita.

È il mondo che, di punto in bianco, è destinato a cambiare per sempre.

38.

Andrà tutto bene

Nessuno la vede arrivare.

Non ne cogliamo le reali proporzioni, perché nulla del genere è mai accaduto in precedenza.

I virologi si dividono fra quelli che «è poco piú di un'influenza» e quelli che «prepariamoci al peggio».

D'un tratto, scatta il primo lockdown.

Ci vengono imposte restrizioni, l'utilizzo delle mascherine, circolano ipotesi e polemiche su come si trasmetta il contagio.

Il Paese chiude d'ufficio, i pronto soccorso esplodono, i Tg passano le immagini delle file di camion militari che trasportano cadaveri, gli scorci surreali delle vie cittadine deserte. I supermercati finiscono il lievito e la farina. Veniamo improvvisamente catapultati in un film distopico.

I politici tentano di rassicurarci: uniti ce la faremo, ma è fondamentale tener duro per proteggere i piú fragili, per tutelare l'operatività degli ospedali, per non prolungare piú del dovuto la tragedia. Ciascuno s'inventa piccole strategie di sopravvivenza: chi canta sui balconi, chi si dà appuntamento online per un aperitivo, a novanta chilometri di distanza, ognuno a casa sua, chi organizza flash-mob di poesie affacciati al davanzale. Chi suona il flauto sulle scale.

Andrà tutto bene, ci dicono. Andrà tutto bene, ci diciamo. Ma è già chiaro che non sarà cosí.

I ragazzi e le ragazze lo capiscono subito, intuiscono l'ipocrisia, percepiscono le vibrazioni sotterranee, come i topi prima dei terremoti.

A un certo punto, il mondo in parte ricomincia. Perché l'economia non può mica fermarsi del tutto. Ripartono il lavoro e la vita degli adulti, le vostre invece no. A voi chiediamo di rinunciare alla scuola, alla palestra, alla piscina, a uscire, a incontrarvi nelle strade o nei parchi, a vedervi, a toccarvi, a baciarvi, alla libertà dei vostri movimenti, al vostro stesso corpo, in un'età in cui il corpo e la possibilità di usarlo sono il novanta per cento della faccenda. Deleghiamo il sacrificio proprio a voi, a cui il virus fa il solletico. I giovani che devono salvare gli adulti. I figli che devono salvare i genitori.

Nessuno pare rendersi davvero conto del prezzo che vi stiamo facendo pagare. Vince il conforto di sapervi a casa. Di non sapervi là fuori, in una realtà diventata di colpo feroce.

Mi capita di parlare con altri padri, altre madri, alcuni sono addirittura felici per la didattica a distanza: possono avere i loro figli sempre a portata. Sotto controllo. Io sono uno fra questi.

Nessuno di noi può immaginare che è proprio allora, mentre vi riteniamo al sicuro dal mondo, che inizia a consumarsi la tragedia. Mentre vivete confinati nelle vostre camerette, costretti a studiare lí, a relazionarvi lí, a far lezione lí, a provare a capirvi e a capirci da lí, cercando di sentirvi all'altezza dello sforzo richiesto, quasi vergognandovi per i vostri problemi che sembrano venire, sempre, dopo tutto il resto.

Ci vuole piú di un mese di pandemia prima che qualcuno – dopo «sanità», «economia», «lavoro», «coesione sociale», «diritti», «lockdown» – osi pronunciare: «bambini», «adolescenti», «studenti».

Ce ne vogliono sei prima che possiate rivedervi in classe. Per poi essere rinchiusi ancora, a intermittenza, per un altro anno.

Come abbiamo potuto illuderci che questo non avesse conseguenze?

Una generazione di genitori comincia a confrontarsi con adolescenti spenti, apatici, ansiosi e spaventati, con crisi di panico, con figli e figlie che smettono di mangiare oppure che si abboffano fino a scoppiare, ragazzi e ragazze che a scuola non vogliono tornare piú. Per timore degli sguardi altrui. Per paura della vita.

Madri e padri scoprono le parole autolesionismo, *cutting*, *binge eating*, hikikomori, anoressia nervosa. Non che prima non le avessero mai sentite nominare, ma finché non ti riguardano sembrano definizioni fumose, minacce distanti, diagnosi che i tuoi figli mai potrebbero incontrare.

I reparti di neuropsichiatria infantile cominciano a riempirsi di adolescenti che si tagliano, si bruciano, si feriscono, si consumano.

I genitori dei figli sani non sospettano niente, sono convinti di essere al sicuro, magari dispensano pure bonari consigli con la sicurezza di chi i fantasmi non li vede. Non immaginano quanto poco basti per scompaginare un piano apparentemente perfetto, per sabotare un percorso già tracciato, quanto poco serva per precipitare un ragazzo giú, fargli odiare ciò che è.

Nemmeno tua madre e io lo avremmo immaginato mai.

Siamo un mondo di adulti che non ha visto.

– Forse questa sofferenza è la loro vendetta, – mi dice lei una volta.

– Si vendicano su sé stessi? – chiedo stupito.

– Si stanno vendicando di noi, – risponde lei.

39.
Stelle elettriche

La prima volta in cui Tommy è stato ricoverato, Grazia aveva coperto da sola quasi tutta la settimana. Dai loro racconti ho scoperto che lei cercava spessissimo di farlo uscire dal reparto, incontrando prima l'opposizione di medici e infermiere, e convincendoli poi che i diversivi giovassero al figlio. Ed era vero: forse perché era un po' piú piccolo, Tommy aveva ancora in parte il gusto dell'esplorazione.

All'inizio, Grazia lo portava solo un paio di piani sotto, in un disimpegno dove le macchinette di bevande e snack erano molto piú grandi e fornite. Lí, acquistavano delle merendine che contenevano in omaggio alcuni tatuaggi. Lei le mangiava, lui applicava la cartina sulle braccia e, con l'aiuto di un po' di acqua, le decorava con la decalcomania di una ragnatela o di un pipistrello. Non appena erano rientrati a casa io avevo scherzato su questa cosa, insinuando che fossero stati in marina, non in ospedale, e Tommy mi aveva guardato come fossi scemo. Da quando siamo qui noi due, invece, non siamo mai usciti dal reparto. Almeno fino a oggi.

La tensione della partenza di Amelia ed Eva si è fatta sentire, stanotte ho dormito male e ho sentito che anche lui si rigirava nel letto.

A metà mattina mi casca la testa dal sonno. Cosí, alzandomi, gli dico: – Vado a prendermi un caffè vero, –

confidando nel fatto che in stanza con lui ci sono Giulia e Giacomo.

La sua risposta è del tutto inattesa.

– Vengo anch'io.

Resto interdetto, non so nulla del protocollo d'uscita, sempre ammesso che ci sia. Ma non gli voglio dire di no, non oggi. Mentre lui si prepara, infilando calze e pantofole, vado al bancone da Perla.

– Senta, Tommy vorrebbe uscire con me, – le dico.

Lei allunga la testa per guardare mio figlio dentro alla stanza.

– Per andare dove? – domanda seria. Intuisco dai suoi occhi quanto l'ipotesi del bar dell'ospedale sia un eccesso di ottimismo.

– Alle macchinette del terzo piano? – domando a mia volta, senza osare chiedere di piú.

– Un attimo che sento la dottoressa.

Esce dalla sua postazione e scompare in una stanza. Tommy mi raggiunge, con le mani sprofondate nelle tasche della tuta. Da lontano Franco ci individua, vedo che sta per partire e raggiungerci, ma gli faccio un rapido cenno di diniego con la testa. Non credo che mio figlio sia dell'umore per sentire i suoi commenti, soprattutto se dovessero riguardare Eva o Amelia. Franco solleva il mento, non so se in un gesto di comprensione o di fastidio. Perla ritorna dopo qualche minuto, seguita dalla dottoressa.

– Allora, andate a farvi un giro?

– Ci piacerebbe, – rispondo.

– Ti piacerebbe, Tommy? – gli rimbalza la domanda lei.

Mio figlio si stringe nelle spalle.

– Magari non state via troppo, mh? – ci raccomanda.

La porta d'uscita si spalanca con un ronzio.

– Ascensore o scale? – chiedo.

– Scale.

Sono lontani i giorni in cui Tommy faceva i gradini a due a due. Scendiamo lenti, lui si appoggia al corrimano.

– Guidami tu, perché io non ho idea di dove stiamo andando, – gli dico.

Lui non risponde, ma procede sicuro. Scendiamo di due piani, raggiungiamo una porta tagliafuoco dipinta di blu che riesce ad aprire con un po' di difficoltà. È pesante e lui non ha forze.

Dentro, il reparto ha colori completamente diversi dal nostro, piú vivaci, quasi violenti. Non ne sono sicuro, credo si tratti di traumatologia, un posto dove non è necessario che le sfumature alle pareti tengano tranquilli i pazienti. Non arriviamo fino alle porte di vetro che conducono alle stanze, Tommy svolta prima a sinistra, in una specie di salottino in cui troneggiano tre grossi distributori automatici.

– Porca miseria! A saperlo prima! – mi stupisco io.

– Questo è il paradiso delle mamme, – commenta Tommy, afflosciandosi di colpo su una delle poltroncine come un palloncino sgonfio. Ripenso alla sua affermazione mentre mi chino su uno dei distributori a leggere tutti i tipi di bevande.

– Perché delle mamme? – chiedo.

– Ci incontravamo sempre le mamme che salivano da pediatria, – dice. – Perché qui ci sono piú cose –. Evita di dire piú «buone» o «golose», certi termini non li usa piú.

Scelgo un caffè lungo senza zucchero, infilo le monete e premo il pulsante.

– Una paio di volte ci è venuta pure la madre di Eva, – aggiunge con l'aria di chi sta confessando un segreto.

– Strano, non ce la vedo a comprarle snack e merendine, visto che il problema di Eva era proprio il cibo.

– Eh, magari fosse stato quello.

– Sí, in effetti quello era la conseguenza.

Ritiro il bicchiere dallo sportello e decido di affrontare l'argomento.

– A te Eva non aveva confidato nulla?

Scuote la testa. Del resto, una volta saliti dal pronto soccorso, Tommy ed Eva non avevano avuto molte occasioni per parlare da soli, soprattutto dopo l'arrivo di Giacomo, che era sempre assieme a loro. Mi domando se a lui la ragazza avesse confidato qualcosa, poi ripenso ai suoi atteggiamenti da bambina, alle faccine, alle canzoni, all'allegria ostentata di continuo e decido che: no, non avrebbe scelto nemmeno Giacomo.

– Tu hai mai paura quando zio Gerry sta con Matilde e Tea?

La domanda stride come dieci unghie che graffiano una lavagna. Vorrei dire che non ci ho mai pensato, ma stanotte, tra le tante cose, anche quest'ombra ripugnante si è allungata su di me. Mio fratello Gerardo, a cui con il nome è andata pure peggio del sottoscritto, non vive nemmeno in Italia. Lavora in Svizzera, scende saltuariamente per le vacanze per venire a trovare i nostri genitori, ora solo papà. Coglie l'occasione per salutarci, scherza con Tommy e si spupazza le due piccole. Un pensiero come quello che mi sta proponendo mio figlio non si è mai affacciato alla mia mente, fino a ieri.

Pure Gerry è single, come il fratello di Amelia, e poi la sua è una scelta tattica, visto che è ancora belloccio e preferisce concedersi tutte le avventure che vuole.

Avrei messo la mano sul fuoco senza nessun dubbio, prima.

La metterei pure ora, ma adesso mi pongo la domanda.

– Mai, – rispondo a Tommy.

Ci riflette per qualche secondo.

– Mai è una parola troppo grossa, pa'.

– Be', – dico, – è tuo zio, dài su, lo conosci.

– Anche Eva conosceva il suo.

Bevo il caffè in silenzio. Grazia aveva ragione, è di gran lunga migliore di quello del nostro reparto. Vorrei domandare a Tommy se vuole qualcosa, ma so che sarebbe una domanda inutile. D'un tratto mi chiedo perché abbia voluto accompagnarmi. Forse la risposta sta nella domanda che mi ha appena rivolto.

Mi siedo a una poltroncina di distanza da lui.

Trascorriamo i cinque minuti seguenti a guardare i distributori illuminati, come fossero stelle elettriche in una sera d'estate.

40.

Specchi

Apprendiamo la notizia non appena rientriamo in stanza.

Oggi Giacomo se ne andrà.

Le dimissioni sono arrivate improvvise, forse neanche sperate, la sensazione è che il ragazzo e sua madre non siano pronti. Nessuno di noi lo è.

Giulia stamane è sparita nello studiolo dei dottori per un lungo colloquio. Quand'è uscita, aveva il viso spaventato di una ragazzina sorpresa da un temporale.

So che entrambi si sentono piú al sicuro, qui, protetti nella loro condizione di danneggiati. E io stesso, per quanto una parte di me lo desideri, non so se mi sento preparato per restare da solo in stanza con mio figlio. Sebbene dubiti che il letto di fianco al nostro resterà libero a lungo.

– Daje forte, fra', – dice Giacomo a Tommy, come se lui fosse il salvato e mio figlio quello ancora in pericolo. Sappiamo tutti che non è cosí. – E mi raccomando, – aggiunge, – spargi la voce del verbo di Gap fra i tuoi!

Mentre io saluto Giulia, i due ragazzi si abbracciano.

– In bocca al lupo, – riesco solo a dirle.

Giulia mi guarda, sembra che stia per scoppiare in lacrime.

– Anche a voi, – dice.

– Ah, a proposito, – dice Giacomo. Si sfila il cappellino dalla chioma blu, lo lancia a mio figlio. – Tienilo te, cosí mi fai pubblicità.

– Grazie, – dice Tommy, non troppo convinto.

– E ti lascio pure questa, ho visto che ti piaceva.

Si avvicina e gli consegna una specie di canottiera nera, fatta di tessuto traforato, pare una rete da pesca a forma di indumento.

– Mado', – dice Tommy. – Io però non ho niente da darti, a parte un paio di calzini sporchi.

– Ah ah ah, tranqui, fra', come avessi accettato.

Si abbracciano ancora, quasi fossero destinati a non vedersi o sentirsi mai piú, nonostante si siano scambiati numeri di telefono e contatti vari. Rabbrividisco quando mi ritrovo a pensare che, date le ragioni che li hanno portati qui, l'ipotesi che non si sentano mai piú non è del tutto peregrina.

– Ciao, ragazzo, – dico a Giacomo allungandogli una mano. – Fa' il bravo, eh?

– Qua di bravi ce n'è solo uno, – dice indicando mio figlio. Annuisco fingendo di avere capito che voleva dire.

Giulia afferra la valigia, la solleva dal letto. Giacomo si butta in spalla uno zaino, e abbandona la stanza hollywoodiano nella sua recita di spavalderia, la madre lo segue con un mucchietto di scartoffie sottobraccio.

Vedo Franco andare verso di loro e vado anch'io, pronto a tamponare qualche uscita infelice. Invece, oggi dalla sua bocca provengono solo parole gentili e auguri di ogni bene. Infine, Giacomo si affaccia alla camera di Nicholas. Il bambino esce, i due si salutano avvicinando i pugni e mettendoli l'uno contro l'altro.

– Mi raccomando, belva, okay? – dice Giacomo.

Nicholas gli si butta addosso in uno slancio improvviso e, data la differenza di altezza, gli abbraccia praticamente le gambe. Restano cosí per un po', sotto gli occhi meravigliati di Elena.

– Nic, ora devono andare, – dice al figlio, staccandolo con delicatezza.

Resto a osservarli che si allontanano e, quando mi volto per rientrare, Tommy è di fronte all'armadietto aperto, si specchia mentre indossa la canottiera di Giacomo. Su di lui cade come uno straccio su uno scheletro. Pare uno scherzo, invece è mio figlio.

– Oddio, – mi sfugge.

Tommy mi fissa con aria di sfida. Sa che ho difficoltà a guardare il suo corpo nudo, la devastazione a cui lui l'ha sottoposto, e quella canottiera in pratica è trasparente. La gabbia toracica in rilievo, le clavicole sporgenti, le braccia magre e lunghe, le vertebre in evidenza mi causano un turbamento che non riesco a nascondere.

– Che c'è, pa'? – dice Tommy. – Non mi sta bene?

– No, no, – mento io. – Ma è davvero orrenda, dài, roba da discoteca tedesca anni Novanta, – mi sforzo di stemperare, sorridendo appena.

Mio figlio accenna di rimando la parvenza di un sorriso, poi si gira a mostrarmi le scapole, il collo sottile su cui sembra innestata una testa troppo grande. In realtà, è il resto a sembrare troppo piccolo.

– Sei un boomer che non capisce niente, – sbotta a sorpresa, continuando a darmi le spalle. – È lo stile Biafra, no?

E in un attimo, succede.

In un attimo, sono di nuovo nel corridoio di casa, Tommy ha quattordici anni, Grazia e io stiamo discutendo e lui e si è appena chiuso in bagno.

Vorrei dire qualcosa per giustificare quel me stesso grezzo e ingenuo, che apriva bocca senza soppesare le parole, ma sarebbe com'è ovvio troppo tardi.

Lentamente, mio figlio si sfila la canottiera, la piega con cura, va verso il cestino e la butta.

– Ecco, – mi dice restando a petto nudo. – Adesso va meglio?

– Tommy, – dico. – Perché fai cosí?

Prende un bel respiro, dice la frase senza neanche voltarsi.

– Perché io sono fatto cosí, – risponde. – È ora che ti abitui.

41.

La neve in fondo al mare

Per l'ennesima volta, sono rimasto spiazzato da un'affermazione di mio figlio.

Davanti alle sue parole, avrei solo avuto voglia di dirgli che gli voglio bene, ma sentivo che non era il momento giusto, che lo avrebbe preso come un tentativo di difesa ipocrita, perciò non sono riuscito a trovare niente di meglio del silenzio.

È passata qualche ora e sono in corridoio, Tommy è alle prese con un nuovo prelievo, io sto cercando di chiamare sua madre, senza successo. Vedo Franco in lontananza, mi fa un cenno col mento, sembra dire: «ehi»; guarda dentro la sua stanza, poi di nuovo verso di me, infine si avvicina a lunghi passi.

– Mia figlia dorme, te come stai messo? – dice.

– Gli stanno facendo dei prelievi.

– Allora scappiamo a farci un caffè, che qua oggi sto uscendo pazzo.

– Franco, oggi ne ho già bevuti due e non so se…

Mi prende sottobraccio prima che riesca a concludere la frase, mi trascina via con un'urgenza insolita.

– Quindi se ne vanno tutti a parte noi, – dice con un vago fastidio, davanti al distributore automatico. – Te sempre amaro, vero?

– Ah, sí, – dico, rendendomi conto che la mia risposta può valere per entrambe le questioni. – Però non credo manchi molto neanche a noi, – aggiungo. – Hanno bisogno di posti letto liberi, e tecnicamente, ormai, non siamo piú un'emergenza.

– Ma non lo eravamo neppure prima, dài, – se ne esce lui.

Lo guardo. A volte mi domando se creda davvero a ciò che dice. Tua figlia si taglia, si ferisce, si incide, vorrei dirgli. Si provoca di proposito ferite che lasceranno cicatrici indelebili sul suo corpo, se non è un'emergenza questa, allora cosa?

– Franco, – dico invece, – tua figlia come sta?

Lui mi fissa, quasi fosse stato d'un colpo spintonato nella realtà.

– Voglio dire, e mi scuso se è un'intromissione, ma fra i ragazzi è quella di cui sappiamo meno, – preciso. – Parla poco o nulla con gli altri, conosciamo solo ciò che ci arriva da te, perciò, ecco, te lo chiedo sinceramente: Marika come sta? Come state?

Osserva concentrato il suo bicchierino di caffè, neanche potesse leggerci dentro la risposta.

– Non lo so come sta, – dice. – E perché, tu, alla fine, lo sai come sta il tuo?

La controdomanda mi prende alla sprovvista. In effetti, io so come sta Tommy? Posso dire che in questi giorni sia migliorato? Che quando usciremo da qui sarò piú tranquillo?

– Sai, – ricomincia, senza attendere la mia risposta. – Il fatto è che io mia figlia la capisco, però non la capisco.

Lo guardo interrogativo, cercando di trattenere un mezzo sorriso. Perché la verità è che comprendo la contraddizione che sente.

– Cioè, anch'io sono stato adolescente, che si crede? – protesta. – Anch'io ho odiato mio padre, anch'io ho fatto male al mio corpo in tutte le maniere possibili. L'ho alcolizzato, l'ho drogato partendo da giovanissimo, l'ho tenuto innumerevoli notti in piedi senza dormire, l'ho usato per combattere e scopare fino allo sfinimento, gli ho dato da mangiare male, l'ho forzato in fasi di sport disperato alternate all'immobilismo piú completo, l'ho fratturato, gli ho perforato un polmone, l'ho schiantato contro i muri, l'ho ferito dentro con ogni delusione amorosa e perdita che mi sono meritato, e non so quante volte, la sera tardi, ho rischiato seriamente la vita tornando a casa a tutta con il Tuareg 125, ubriaco perso –. Si ferma per prendere fiato. – Quando ne parliamo, con qualche amico con il quale si son condivisi quegli anni, definiamo spesso la nostra una generazione di sopravvissuti, non sei d'accordo?

– Sí, – dico. Anche se la verità è che io ho avuto un'adolescenza molto piú tranquilla della sua, mi sono infilato in quell'età evitandone i bordi ruvidi, o forse è solo che ero uno sfigato che si è tenuto al sicuro.

– Ma è come se in 'sti ragazzi di oggi, in questa loro sofferenza, ci fosse una qualità diversa, non so. Insomma: rispetto a noi hanno tutto, eppure stanno male lo stesso.

– Franco, – dico. – Ogni generazione ha la sua, di sopravvivenza. I nostri nonni sono sopravvissuti alla guerra, i nostri genitori agli anni Settanta, al furore delle battaglie politiche prima e al naufragare dell'idea di un mondo nuovo poi. Forse nessuna sopravvivenza è piú nobile di altre, ciascuno porta a casa la pelle come può, da dove si trova e dalle battaglie che gli toccano. Perfino quando quella battaglia sei tu.

Mi guarda.

– Non ho capito, – dice, – io sarei una battaglia?

Sorrido. Vorrei dirgli che, sí, certo, anzi piú che una battaglia è un assedio, un intero campo minato di bombe inesplose, e che forse questo è parte del suo problema. Decido di restare sul punto.

– Mi riferivo a Marika, e a Tommy, – preciso. – Anche il loro farsi male non è che un modo per sopravvivere al dolore che sentono.

– Sí, – sbuffa lui. – La so, la cosa del dolore per combattere altro dolore, me la ripetono i medici dall'inizio.

– È la ragione per cui siamo qui, no? Perché il dolore che si vede è la spia di quello che non si vede. Di ciò che se ne sta là sotto, nascosto. È con quello che è piú difficile avere a che fare.

Lui si zittisce. Alza gli occhi sull'orologio fermo sul muro, lo guarda come se fosse un oblò che si affaccia su un panorama sconosciuto.

– Sai, – dice dopo un po', continuando a fissare l'orologio. – Scoprire la profondità della tristezza di un figlio, a neanche sedici anni, è come trovare qualcosa in un posto in cui non te lo saresti mai aspettato. In cui proprio non dovrebbe esserci.

– Che vuoi dire?

– Tipo, non so. Come trovare la neve in fondo al mare, – dice. – In fondo al mare non ci dovrebbe stare la neve, no? Dovrebbero esserci i pesci colorati, le rocce e i coralli e le meduse e Dio sa che altro, ma la neve, la neve no. La neve non te la aspetteresti mica.

Guardo Franco e, per un attimo, mi sembra che in fondo al mare ci stia pure lui. Me lo immagino là sotto, con una tuta da palombaro che gli rallenta i movimenti, lo fa sentire impacciato e goffo. Ho l'impressione di scorgere, adesso che siamo soli, tutto il dolore che non è abituato a esprimere, tutta la vicinanza che non è stato abituato a dare, tutta l'incredulità e la paura della sofferenza di Marika, che proprio non riesce ad accettare. Perché non la vuole. Perché non la trova giusta. E penso che, forse, il ricovero fosse necessario a lui quanto a sua figlia. Che possa essere stato un bene. Ciascuno di noi è qui nella speranza di avvicinarsi un po' di piú, di ridurre la distanza tra ciò che sentiamo e ciò che è.

– Signor Bernardi! – irrompe la voce acuta di Perla.

– Sí? – dico affacciandomi fuori dalla saletta.

– Venga, – dice, – rientri in stanza, dobbiamo parlare.

Franco mi guarda come dire: vai pure, tanto.

– Scusa, – gli dico.

Lui mi elargisce un sorriso fragile, cosí non gliene ho visti fare mai.

Esco dalla saletta e mi allontano, all'ultimo mi guardo indietro. Per un istante, mi sento come se avessi avuto accesso a un barlume di verità, laggiú in fondo, e adesso mi stessi incamminando in direzione opposta, risalendo in superficie troppo in fretta, con i polmoni che si dilatano e chiedono aria, e i pensieri che tremano come pelle al freddo.

42.

Una bella notizia

– Domani tocca a voi!

Perla ci guarda sorridente, è convinta di darci una bella notizia.

– Dobbiamo attendere i risultati degli ultimi prelievi, – prosegue, – piú tardi passerà la dottoressa a spiegarvi i dettagli, ma ormai siamo decisamente fuori pericolo.

Fuori pericolo di che, vorrei dire. Crede forse che, uscito da qui, mio figlio ricomincerà a mangiare in maniera regolare, a prendersi cura di sé? Che la paura potrà svanire grazie a una firma su un foglio?

– E mi raccomando, – aggiunge, – non ti voglio piú vedere, eh, ragazzino?

Mette una mano sui capelli di Tommy e glieli scompiglia, come si fa con i bambini. Vedo che lui si sta trattenendo, intervengo in suo aiuto, ma mio figlio mi anticipa.

– Vorrei farmi una doccia, – dice.

La richiesta ci coglie di sorpresa. Non c'è una doccia nel bagno della nostra stanza, che ha invece una piccola vasca. Ce ne sono solo un paio, in reparto, a disposizione soprattutto dei pazienti con disabilità.

– Però papà deve venire con te, – sentenzia Perla. – O lui, oppure il mio collega Stefano.

Tommy si irrigidisce.

– Ma perché, avete paura che mi affoghi con il miscelatore?

– Perché è il regolamento, – risponde Perla sorridendo.

Lui mi guarda malissimo, come se fosse colpa mia, poi scuote le spalle.

Va a prendersi il sapone in bagno sbuffando, ritira un paio di asciugamani e una boccetta di shampoo che gli ha regalato Giacomo, a suo dire rubata in un hotel. Io lo guardo e provo un'indicibile sensazione di stanchezza e solitudine.

Da quando Giulia e Amelia se ne sono andate, il reparto non è piú quello di prima.

Franco, oltre che con me, chiacchiera ancora con Elena perché Nicholas, dopo la partenza di Eva, ha legato con Marika e trascorre molto tempo nella loro stanza. Ma, a parte lui, l'atmosfera si è appesantita, e il senso di appartenenza e compattezza che avvertivo, almeno tra noi genitori, sembra essersi dissolto.

Scrivo molti messaggi a Grazia, giro video per le bambine, che mi mandano adesivi buffi con il cellulare della mamma. Il fatto è che pure io non mi sento piú compatto come prima, e ho la sensazione che, non appena fuori di qui, mi sbriciolerò come una zolla di terra cotta dal troppo sole.

Tommy esce dal bagno e mi supera senza guardarmi, lo seguo fino alla stanza della doccia. Entra, accosta la porta: è un invito a rimanere fuori, sono tentato di coglierlo. Ma lo sguardo dell'infermiera al desk è esplicito, perciò entro anch'io. Tommy sta facendo scorrere l'acqua calda, nel frattempo si leva i vestiti. Questa volta non abbiamo portato un pigiama, non ci è stato richiesto, è quasi una settimana che dorme con su una maglietta e i pantaloni della tuta.

– Puoi girarti? – mi domanda, rimanendo di spalle.

Mi metto faccia alla porta. Sento lo scroscio che cambia quando lui ci si infila sotto.

In questo bagno l'odore di disinfettante è forte, mi ricorda il cloro delle piscine.

Mi viene un pensiero stupido: penso che ho passato moltissimo tempo a vigilare su mio figlio mentre era nell'acqua. Penso che in fondo lo sto facendo anche ora. Il pensiero in qualche modo mi conforta, come se il filo fra noi non si fosse ancora spezzato del tutto. In un attimo, vengo assalito da immagini del mio bambino che arriva di corsa nell'accappatoio troppo grande, mentre ride con la cuffia a rovescio e gli occhialini in mano. Io che lo accompagno dentro e lo butto sotto il getto della doccia, bagnandomi, al solito, le maniche della camicia e le scarpe. Lui che si lava con un unico prodotto, testa corpo piedi, nudo come un verme, senza nessuna vergogna. E con la bocca piena d'acqua mi racconta quello che ha fatto a lezione, pure se io ero lí a vederlo. Ride, Tommy bambino, rideva sempre. Oggi, il Tommy adolescente non ride quasi piú. Mi sento un nodo in gola e, sebbene sappia che non dovrei, mi volto verso di lui. È lí, nascosto dal vapore, una figura filiforme che si rovescia in testa tutto il flaconcino e poi distribuisce la schiuma ovunque, sotto le ascelle, nel punto dove dovrebbe avere la pancia, sotto i piedi lunghi che sembrano le pinne che usava al lago da piccino. Quel corpo dovrebbe riportarmi al mio bambino, invece non succede. Perché il mio bambino non c'è piú. Sono chiuso nel bagno di un ospedale a osservare un tizio nudo. Mi scopro a provare imbarazzo, quasi vergogna, una nostalgia feroce mi aggredisce. Do di nuovo le spalle a Tommy, non voglio guardarlo, non ce la faccio, porto il pugno davanti alla bocca, prego che il rumore dell'acqua copra tutto il resto e, senza neanche accorgermene, comincio a piangere.

Piango in silenzio, immerso nel senso di colpa che provo. Dura meno di un minuto. Inspiro a fondo, mi calmo, il getto della doccia si interrompe. Sento Tommy che traffica con gli asciugamani, non abbiamo un accappatoio, deve arrangiarsi con quel che c'è.

– Pa'.

– Eh?

– Non è che abbiamo un fon?

– No, – dico recuperando la voce, – e non penso ce ne sia uno, in reparto.

– Provi a chiedere a Marika?

Sospiro, tanto prima o poi questa cosa va detta.

– Non possiamo portare oggetti con il cavo lungo, qui, lo sai.

Non risponde. È infastidito dalle tante regole che non lo riguardano, il divieto a portare lame, oggetti appuntiti, farmaci non autorizzati, cavi o cordoni. Il fatto è che mio figlio non si vede come un aspirante suicida, non lo capisce che la sua, da un punto di vista clinico, non è che una maniera piú lunga, piú lenta. Che la sua anoressia nasconde un desiderio di morte. Non ci voglio pensare, qualunque altro pensiero è preferibile, anche affrontare la desolazione del suo torace nudo. Mi giro e faccio un passo verso di lui.

– Vieni qui, che se ti prendi il raffreddore tua madre mi ammazza.

Tommy mi guarda sorpreso. È un buffo puzzle di asciugamani, uno intorno alla vita, uno sulle spalle, uno piú piccolo in testa. Non gli lascio il tempo di protestare, mi avvicino in maniera quasi brusca, come non faccio ormai da mesi.

– Asciugati bene sotto e vestiti, cosí abbiamo a disposizione un telo in piú.

Di nuovo, non aspetto la sua risposta. Gli porgo i boxer, drammaticamente larghi, poi i pantaloni della tuta. Quando li prende resto con la mano allungata. Tommy si slaccia l'asciugamano, me lo passa e si volta per vestirsi. Io invece non lo faccio, non mi volto, guardo semplicemente da un'altra parte, prima verso il lavandino, infine verso lo specchio ancora appannato, è lí dentro che intravedo la sagoma di mio figlio che si raddrizza. Allora torno da lui, scambio l'asciugamano della vita con quello delle spalle e gli metto l'altro in testa. Strofino.

– Ahio.

– Scusa.

Con l'asciugamano piccolo si asciuga il petto e le braccia, io gli passo rapido il telo sulla schiena, lui prende la maglietta e aspetto che se la infili, strofino un'ultima volta i capelli, poi mi fermo. Sono dietro di lui e alzo lo sguardo sullo specchio davanti a me. Mi restituisce l'immagine di un uomo brizzolato, dalla chioma rada, le spalle curve, gli occhi stanchi. Mio figlio si toglie l'asciugamano dai capelli e adesso nello specchio ci sono i nostri visi, insieme. La sua magrezza e la mia stanchezza. La sua giovinezza e la mia vecchiaia. L'una accanto all'altra. Vedo mio figlio e di nuovo non lo riconosco, chissà se lui riconosce me.

– Pa', – dice Tommy.

– Mh?

– Mi fai male.

– Cosa?

È solo in quel momento che mi accorgo che lo sto abbracciando.

Lo sto stringendo da dietro la schiena, come un naufrago aggrappato a un tronco.

Tommy mette una mano sulla mia. Penso sia per staccarmi da lui, invece la tiene lí, io me ne sto immobile e non ci diciamo altro. Per una volta, invece che le nostre aspettative o i nostri ricordi o la nostra diffidenza o le nostre paure, lasciamo che siano le nostre mani a parlare.

Un velo mi appanna la vista e il nodo in gola si fa sempre piú grande.

Chiudo gli occhi e ricaccio indietro entrambi, un attimo prima che mio figlio sgusci via da me.

43.

Dietro i sorrisi

Arriviamo a casa di domenica, Grazia e le bambine sono tese come animali selvatici di fronte alla notte che avanza. Dietro i sorrisi e il soggiorno perfettamente in ordine e i vestiti puliti che indossano, si percepisce il timore di dire o fare qualcosa di sbagliato. È lo stesso che ho io.

Le bambine hanno realizzato un piccolo striscione che hanno appeso sopra la porta. C'è scritto «Evviva, fratellone, sei tornato!» Tommy è felice di vederle, o perlomeno finge bene. Si siede sul divano e fa loro cenno di avvicinarsi.

Matilde è la prima a buttarglisi addosso, ad affondare il naso nel collo filiforme del fratello. Tommy resiste all'assedio come può, ma, quando anche Tea gli si lancia sopra, crolla all'indietro, contro lo schienale, quasi senza fiato.

– Piano, piano! – dice Grazia.

Le bambine reagiscono al richiamo della mamma. Tocca a lei, adesso.

Si avvicina senza dire niente. Si inginocchia davanti a Tommy seduto, lo tira piano verso di sé e gli passa una mano sulla guancia, poi gli accarezza i capelli come le ho visto fare mille volte, quando lui era piccolo e si svegliava di notte.

– Mi dispiace. Ora siamo di nuovo insieme. Si sistemerà tutto, – dice.

Tommy annuisce.

– Adesso però vorrei andare in camera mia.

– Certo, va bene, – dice lei. – Sarai stanco.

Tommy si alza dal divano, fa i primi due passi barcollando, si dirige verso la sua stanza. Conosciamo il copione. È il suo modo per prendere fiato, per sottrarsi alle domande che non vuole sentire. Non subito, almeno.

– Piú tardi guardiamo una puntata di *Dragon Ball* su Crunchyroll, vi va? – cerca di recuperare con le bambine.

– Sííí! – dice Matilde.

– No, guardiamo *Naruto*! – dice Tea.

– Guarderemo entrambi, promesso, – le rassicura Tommy, un attimo prima di sparire in camera.

Grazia e io ci fissiamo e restiamo lí, davanti all'ennesima porta chiusa. Sappiamo bene che dobbiamo rispettare i suoi tempi, che non dobbiamo forzarlo, che dobbiamo lasciarlo respirare. Una parte di noi, però, vorrebbe inseguirlo lo stesso, stendersi sul letto accanto a lui, parlare di cose senza senso solo per non vederlo sparire.

– Papà, – dice Matilde. – Sai che puzzi un pochino?

– Cooosa? – dico ridendo. – Come ti permetti, dire a tuo padre che puzza, piccola peste!

La inseguo per il soggiorno mentre ride, Tea comincia a inseguirmi a sua volta e mi prende a cuscinate per salvare la sorella. È di questo che ho bisogno. Di un po' di vita vera. Di un po' di quotidianità priva di lamenti, senza risvegli di soprassalto, caffè cattivi e occhi disperati in cui riflettersi. Me la merito, un po' di parvenza di serenità.

– Papà, come sta Tommy? – se ne esce Matilde dopo il solletico, a sorpresa.

Cerchiamo di tenerle al riparo da quanto sta succedendo al fratello, ma non possiamo pretendere che, al termine di una settimana in ospedale, non abbiano curiosità.

– Sta meglio, – mento. – I dottori gli hanno prescritto delle nuove medicine, migliorerà ancora nel giro di poco tempo, vedrai.

– Vado a preparare il pranzo, – dice Grazia, come se mettersi ai fornelli potesse restituirle un'illusione di normalità.

La verità è che non è finito niente, non sta cominciando niente. Si è solo chiusa una parentesi.

A tavola, ogni minimo gesto deve vincere una resistenza enorme per venire fuori.

Il periodo trascorso in ospedale non è stato che un sogno confuso, un breve momento di pausa dalla realtà.

Adesso la paura è di nuovo qui.

Ora siamo di nuovo soli.

44.

I desideri dei bambini

È il giorno del tuo sesto compleanno, hai appena espresso il desiderio e stai soffiando sulle candeline.

Io ti osservo e continuo a pensare al pomeriggio di ieri.

Eravamo insieme, dopo la scuola, e c'è stato un momento, uno di quegli attimi perfetti ma terribili che i genitori ben conoscono, in cui guardando il tuo profilo illuminato dalla luce bianca delle due, ho avuto nostalgia di tutto. Di quell'istante, di tutti quelli che sono già stati, di tutti i momenti della tua crescita che non torneranno mai piú. Allora per scherzare, mentre tornavamo a casa ti ho detto: – Tommy, ti piacerebbe restare piccolo? Vuoi che facciamo che domani, invece di sei anni, ne compi quattro? – e tu mi hai fissato e mi hai detto: – No –. Poi hai aggiunto: – Però se vuoi puoi diventare piccolo tu.

E allora mi è venuta in mente una cosa che avevo letto una volta, diceva piú o meno che il segreto della vita non è trovare qualcuno con cui invecchiare insieme, ma qualcuno con cui restare bambini. E ho pensato che se quel qualcuno è un figlio di sei anni tanto meglio, perché anche i padri hanno bisogno di buoni maestri.

Sulla torta, nonostante i tuoi sforzi, resta accesa una candelina.

– I desideri dei bambini si avverano lo stesso, – ti rassicura tua madre.

Chiudi gli occhi e la spegni con un ultimo soffio.

45.

La bugia della felicità

Sono trascorsi due giorni, e ancora Tommy non esce dalla sua stanza, se non per andare in bagno o per venire a tavola. Mangia poco, pochissimo, quasi niente, proprio come faceva al termine dell'ultimo ricovero. Dopo ogni pasto, uno di noi due lo sorveglia, lo segue di soppiatto fino alla porta della camera, ascolta se per caso non vomiti dentro a un sacchetto, nascondendolo poi sul davanzale fuori dalla finestra. Non è una fantasia distorta, lo ha già fatto in passato, per celare l'odore.

Per il momento, però, sembra seguire le prescrizioni, assume il quantitativo minimo richiesto. Ma non è cambiato niente, tutti lo sappiamo.

Ho raccontato di nuovo a Grazia quanto è successo in ospedale, in una lunghissima notte in cui abbiamo cercato di ritrovarci, almeno noi due, provando a ricreare il fronte compatto che ci servirà davanti al prossimo spavento.

Fra i due, il possibilista resto io: – Magari invece stavolta qualcosa è successo, diamogli tempo, – ho detto.

Lei non ha risposto.

Non sono ancora rientrato al lavoro in pianta stabile, nessuno in studio mi sta facendo pressioni, ma non potrò rimandare in eterno. Mi aggiro per casa, esco, vado a svolgere commissioni banali, faccio la spesa, rispetto la visita obbligata al nostro medico, a cui ho dovuto consegnare le carte dell'ospedale, mi avventuro perfino dal barbiere per accorciarmi i capelli.

Mi manca la percezione del tempo, mi pare di avere lasciato il reparto mesi fa, ricordo a malapena i visi delle infermiere e dei medici, pure quelli dei miei compagni di viaggio sbiadiscono ora dopo ora come pietre sommerse dall'acqua. Forse sono io che cerco di cancellare immagini che fingo di non capire, è solo il mio subconscio che non vede l'ora di lasciarsi tutto alle spalle.

Ci eravamo promessi di sentirci, invece non ho chiamato nessuno. Mi dico che è troppo presto, ma la verità è che, se lo facessi, dovrei dire a voce alta cose che non voglio sentire.

Chissà se Franco e Marika sono tornati a casa. Chissà se Giacomo ha ripreso a girare i suoi video. Chissà come starà Eva, se Amelia è riuscita a rialzarsi dopo la terribile scoperta. Ma sono pensieri che svaniscono in fretta, che tengo lontani, rinchiusi nel sogno fumoso del reparto, figurine in una palla di Natale dove nevica sempre, mentre qui fuori c'è il sole.

Sono seduto sul divano, Tea è accoccolata sulle mie gambe, stiamo guardando un episodio di *SpongeBob* già visto decine di volte. Matilde è seduta a terra a disegnare. È lei a sentirlo per prima.

– Papà, il telefono.

In casa tolgo sempre la suoneria, il cellulare sta vibrando sul tavolino, spostandosi impercettibilmente. Non riconosco il numero, penso a una delle tante telefonate per provare a vendermi qualche servizio di cui non sento il bisogno. Rispondo lo stesso.

– Pronto?

– Tano?

Serve solo un secondo perché la palla di Natale si stacchi e il sogno annebbiato ritorni realtà. Sono di nuovo in reparto, sdraiato sulla poltrona di pelle dura: la voce al telefono è quella di Amelia. Salto i convenevoli, mi alzo rischiando di far ruzzolare Tea.

– È successo qualcosa a Eva?

– No, Eva sta bene, – si affretta a rispondermi.

So che non è vero, Eva è molto lontana dallo stare bene, ma l'urgenza della mia domanda si riferiva a una paura diversa, che Amelia scongiura immediatamente. Però sta quasi piangendo, e questo indica che deve trattarsi comunque di un fatto grave. O forse no, forse vuole solo sfogarsi, come facevamo quando...

– Si tratta di Nicholas.

Dentro la mia testa rimbomba un urlo trionfante: «UNO!» Rivedo i suoi capelli biondi e mossi, la sua risata contagiosa, la sua furia incontrollabile.

– Nicholas? – domando.

– È stata... – Amelia si ferma, come se stesse correggendo un lapsus. – È stato a causa di Marika.

Il mio pensiero va subito a Franco, mentre Amelia comincia il suo racconto.

– Dopo la partenza di Eva, Nicholas si era rifugiato tra le braccia di Marika, tu lo sai meglio di me. Nessuno aveva mai capito perché, con una mamma presente e affettuosa come Elena, lui sentisse il bisogno di aggrapparsi a una delle ragazze. Forse... si sentiva capito, forse era un suo modo per staccarsi dalla madre. Comunque: pare che Marika abbia riferito a Franco di aver spiegato al ragazzino perché le proprie braccia fossero piene di tagli. Gli aveva detto che, quando il dolore diventava troppo forte, lei riusciva a farlo uscire da lí, come il vapore che sfiata da una pentola a pressione.

– Oddio, – dico intuendo il resto.

– Marika è disperata, – mi riferisce ancora Amelia, ma

su questo sento il dubbio che corrode la sua voce. – Dice che era la spiegazione piú semplice, non voleva mettersi a fare discorsi complicati con un bambino. Invece lui l'ha presa come... – s'interrompe.

– Come una soluzione, – concludo io. Vorrei chiedere con cosa sia successo, lei mi anticipa.

– Ha rubato delle pinzette per le sopracciglia dalla trousse di sua madre, – dice. Quelle che vendono ora sono particolarmente affilate sulle punte.

– Madonna, – dico.

– Ma nessuno gli ha spiegato come fare a incidersi, capisci? Ed è solo un bambino, non ha controllo sulla sua forza, figuriamoci sulla pressione di un taglio sui polsi.

– Ma non è...? – mi blocco.

– No. Però è andato troppo a fondo. Non riuscivano a fermare il sangue, il suo corpo ha avuto uno shock.

– Tu con chi hai parlato?

– Con nessuno. Marika ha avvertito Eva ed Eva mi ha detto di avvisare Tommy. Però, ecco, vedi tu se...

Restiamo in silenzio per qualche secondo, la ascolto mentre tira su col naso.

– Tu come stai? – le chiedo.

– Esattamente come mi senti, – dice cacciando giú un singhiozzo. – Avrei voluto chiamarti in un altro momento, ma Eva... Eva ha detto di farlo subito, e io l'ho fatto.

Immaginare Eva che dà ordini ad Amelia è difficile, questo conferma la gravità della situazione.

– Pensi sia il caso di telefonare a Franco?

– Forse... Però non ora. E poi, dubito che ti risponderebbe, lo sai com'è fatto.

– Parlerò con Tommy, – dico. – È giusto che lo sappia. Eva può ricevere telefonate?

La sento esitare.

– Solo per cose belle.

Scoppia a ridere, una risata nervosa. C'è un intero universo dietro, ma non posso tentare di esplorarlo adesso. Ora devo parlare con mio figlio, pensare alle parole giuste.

Dopo la chiamata, lascio passare qualche minuto. Poi mi decido ad andare verso la stanza di Tommy. Dalla cucina, Grazia mi lancia uno sguardo interrogativo, le faccio un cenno per tranquillizzarla, invece sento che posa una ciotola e mi segue. Non mi ribello, avrò bisogno di tutto il sostegno possibile.

Ci fermiamo davanti alla porta, busso.

– Cosa c'è? – risponde lui da dentro la camera.

– Tom, devo parlarti.

Attendo, sento dei rumori all'interno, come se stesse spostando in fretta degli oggetti.

– Okay, vieni, – dice dopo un po'.

Entro in stanza seguito da Grazia. Lui sospira non appena ci vede. Non gli piace quando ci presentiamo in coppia, ci definisce «il comitato».

– Cosa ho fatto?

Il tono di sempre, l'atteggiamento di sempre, la diffidenza di sempre.

– Mi ha chiamato la mamma di Eva.

Lo vedo irrigidirsi all'istante. – Che sta bene, lei è a posto, – aggiungo precipitosamente.

Tommy mi fissa, Grazia fa lo stesso, vorrei tanto che venisse qualcun altro a dire quello che sto per dire io. All'improvviso, non mi sembra piú una buona idea.

– Nicholas… si è fatto male, – dico. – Ha voluto imitare Marika, forse. Sai, dopo che Eva se n'è andata loro due sono stati molto vicini, perciò…

Aspetto domande che non arrivano, Grazia si trattiene, sa che deve dare la priorità a nostro figlio, ma lui continua a fissarmi e non apre bocca.

– Non è in pericolo di vita, – proseguo. – Ma si è tagliato in profondità e... insomma, lo sai com'è fatto, è piccolo, mingherlino, una cosa del genere è stata un trauma.

Tommy tace, Grazia si porta una mano alla bocca, ora guarda lui, non me. Non sopporto questo silenzio, continuo a parlare.

– Io non me la sento di dare la colpa a Marika, sono certo che lei gli abbia parlato dei suoi tagli in buona fede. E, del resto, era impossibile non vederli.

Tommy non mi leva gli occhi di dosso.

– Ha rubato delle pinzette a sua madre, ti rendi conto? Quel ragazzino è una mina vagante, l'ho detto che mi faceva paura. Non posso pensare alla povera Elena...

– La «povera Elena»? – mi fa eco Tommy. – E Nicholas, invece?

Capisco la mia gaffe con un attimo di ritardo.

– Tommy, non intendevo dire che...

– Sí, invece, – mi liquida lui, – voi vi preoccupate solo per voi, è sempre stato cosí.

Guardo mio figlio. So di non meritarmi la sua sparata. Accade in due secondi: dentro di me qualcosa si sale e tracima, senza che io riesca a controllarlo.

– Ma che cazzo stai dicendo?

Lui alza gli occhi su di me con un'espressione incredula. Non si aspettava la mia reazione. Che io compromettessi, in un solo istante, mesi e anni di prescrizioni degli psichiatri. Non me lo aspettavo neanche io.

– Non ho voglia di parlarne.

– E quindi? – insisto. – Se tu non hai voglia di parlarne si chiude tutto? È tre anni che fai cosí, maledizione, – dico, mentre sento la mia rabbia risalire lungo lo sterno come una colata di acido. – È troppo tempo che mi tagli fuori, che non ci dài modo di capire, cosa credi che siamo, dei poster?

– Non ho voglia di parlarne, ho detto!

– E invece ne parliamo, per favore! – ribadisco. – Che speri di ottenere a tenermi distante, a farmi vivere contando ogni parola, ogni respiro, senza che io sappia *davvero* che ti sta succedendo? Quanti anni ancora devo accettare di stare in silenzio a sentirmi in colpa, mentre tu ti chiudi a riccio, mentre ti fai del male?

– E tu cosa credi di farmi? Come pensate di farmi sentire, facendomi capire che non vi vado mai bene, eh?

– Non ci vai mai bene? Ma che dici?

– Se è da quando sono nato che cerchi di correggermi! Che mi segui, che mi accompagni, che cerchi di prevenire, che mi fai sentire come se non fossi mai all'altezza di niente! Da cosa vuoi tenermi al sicuro, dalla vita?

Perché mio figlio mi parla in questo modo? Come si permette di accusarmi: io sono qui a prendermi cura di lui. Ripenso alla stanchezza di Amelia in ospedale, al suo rancore nei confronti di Eva. So che non voglio essere cosí. Siamo tornati a casa da pochi giorni. Cerco di controllarmi.

– Tommy, – dico, – noi genitori siamo geneticamente programmati per proteggervi. Lo capisci? Ti chiedo scusa se posso aver esagerato, non ho mai sospettato che tu la stessi vivendo tanto male. Però allora aiutami, aiutaci a capire. Non lasciarci in balia delle nostre paure. Perché? Perché ti danneggi? Per cosa lo fai? Per una volta, vorrei sentirlo da te, non da uno psichiatra o dal suo manuale medico.

– Non lo so.

– Come, non lo sai?

– NON LO SO! Credi che sia tutto logico come nei tuoi calcoli ingegneristici? Credi che Marika sappia perché si taglia? Che Nicholas sappia perché è sempre arrabbiato col mondo? Che Giack sappia cosa lo ha spinto a buttarsi dalla finestra? Credi che per tutto ci sia una spiegazione?

Siete voi, gli adulti, allora dimmelo tu! Dammi una ragione per questo buco che sento dentro.

– Tom, io voglio solo...

Si gira verso la finestra, come per cercare scampo.

– Ho cominciato a causa tua, contento?

– Cosa?

Le parole arrivano improvvise e feroci, come se non aspettassero che uno spiraglio. Una scusa.

– Ho cominciato perché non volevo prendere peso durante il lockdown. Perché volevo restare in forma quando non potevo piú gareggiare in piscina. Solo che poi...

Grazia mi prende la mano.

– Solo che poi mi sono accorto che se nuotare mi piaceva, gareggiare invece non era un mio desiderio. Niente in fondo lo era. Volevo solo compiacervi. Mi sembrava giusto essere quel che desideravate, che foste fieri di me. Finché non ho capito che c'era solo un modo per sopravvivere.

– Sopravvivere? Sopravvivere a che?

– Al vostro amore per me.

Grazia e io ci guardiamo. La domanda esce dalla mia bocca quasi non fossi io a farla.

– E quale sarebbe, questo modo? Morire di fame?

Tommy mi fissa.

– Deludervi.

Un silenzio spesso cala nella piccola stanza. Fuori dalla finestra, arriva d'un tratto il rumore del tagliaerba del vicino.

– Ma... – obietta Grazia, – Tu sei sempre stato libero di...

– Davvero? – la interrompe. – E perché è tutta la vita che mi stai addosso? Tu hai cominciato dopo, è vero. Ma papà è da quando sono nato che cerca di indirizzarmi, di consigliarmi, di spronarmi a essere il migliore. Mi ha convinto che solo quella fosse la strada.

Fa una pausa, poi prosegue rivolgendosi a me.

– Ma ti sei mai chiesto se io volessi davvero essere fra i primi? – dice. – E se invece, se invece volessi essere l'ultimo? O se volessi stare nel mezzo? Ci hai mai pensato?

– Tom, io…

– Non vi accorgete che stiamo tutti male per questo. Siamo schiacciati, devastati dall'ansia non perché non ce la facciamo a stare al passo, ma perché non vogliamo partecipare a questa competizione alla quale ci sentiamo costretti.

– Quale competizione? – intervengo. – Tua madre e io non ti abbiamo mai detto niente, neanche di fronte ai risultati piú… sconfortanti. Ti abbiamo sempre appoggiato, ci siamo fatti andare bene tutto!

– Oh, certo, peccato che le vostre facce dicessero il contrario. Dicevano: vabbe', accontentiamoci. Speriamo che passi. Se solo tu potessi vederti, pa', è la stessa faccia che hai ora, – dice. – E se invece non passasse niente? Se io fossi semplicemente… questo? – e allarga le braccia sul letto, per ostentare la sua magrezza.

– Ma per noi puoi essere quello che ti pare, Tom, io voglio solo che…

– Cosa? Cosa vuoi?

– Che tu sia felice, cazzo! Che tu sia felice come eri felice prima! Quando andavamo in piscina insieme. Quando ti sorprendevo di notte a rubare i biscotti in cucina! È cosí strana la mia speranza?

– Vedi? Tu rivuoi indietro qualcosa. Sei solo lí ad aspettare che *questo* finisca. Come se il mio stato attuale non fosse che una fase, un passaggio, una specie di menzogna. Ma non lo capisci che era prima, la bugia?

– La nostra felicità era una bugia?

– Non era felicità! Ero io che mi fidavo di te per partito preso! Perché non c'era nessuna fatica da fare, nessuna decisione da prendere, per me eri Dio!

– E come ho fatto da Dio a diventare un coglione qualsiasi?!

– Perché non eri Dio neanche prima, pa’, – dice guardandomi, per la prima volta, quasi con tenerezza. – Ecco il tuo dramma. E il mio.

Lo fisso senza dire niente.

– Il dramma è solo che sono cresciuto, pa’. Che la menzogna è scoperta: tu non sei speciale, sei solo mio padre. Io non sono speciale, sono solo tuo figlio.

– E non è sufficiente? – interviene Grazia.

– Per me, sí, – dice lui piano. – Ma per te lo è, mamma? Per papà, lo è?

– Certo che lo è! – dichiaro con convinzione.

Tommy mi guarda, nei suoi occhi ci sono secoli di precipizi su desideri genitoriali mai avverati.

– Allora perché non riesco a crederti?

46.

Dimmi pure la verità

Hai undici anni e siamo a casa da soli.

Tua madre è dalla nonna, assieme a Matilde e Tea, io sono tornato un'ora prima dallo studio perché questa è la nostra serata *Star Wars*. Te l'avevo promesso già da tempo che, alla prima occasione possibile, ci saremmo chiusi in soggiorno solo noi due con un pollo arrosto della rosticceria, una birra, un'aranciata, un divano a testa e tutta la trilogia originale.

Stiamo per terminare l'episodio IV, che io vidi al cinema piú o meno alla tua età. Obi-Wan è appena morto, ucciso da Fener sotto gli occhi di Luke. Tu fermi il Dvd col telecomando.

– Papà, ma io non capisco, – dici d'un tratto, – che vantaggio c'è a essere cattivi? A essere nemico di tuo figlio? Non è una cosa stupidissima?

Quasi mi strozzo con un osso di pollo. Poso la birra sul bracciolo del divano.

– Questa è una domanda piuttosto complicata, Tom, – dico, – mi servirebbe tempo per risponderti bene.

Alzi il braccio e punti il telecomando verso il video.

Dài che l'ho scampata, penso, guardandoti con la coda dell'occhio.

Premi il pulsante rosso, la tivú si spegne. Ti sdrai sul divano a pancia sotto e ti volti verso di me, tenendoti su la testa con le mani, in attesa.

– Tanto siamo a casa da soli, – mi fai. – Dimmi pure la verità.

Nei provini sui materiali da costruzione, il risultato che fornisce le informazioni piú importanti sul campione osservato è quello che fallisce: se un laterizio si rompe, se un calcestruzzo armato si crepa, se una trave si flette, bisogna scartarli e ripartire da zero.

Le persone, invece, da zero non possono ripartire mai. Non possiamo cancellare le ferite subite o inflitte, le parole dette o ricevute, le scelte sbagliate. Non possiamo sostituirci come fossimo un materiale difettoso, contaminato, o ricostruirci interi in una zona meno sismica. Però possiamo imparare a stare in equilibrio sul nostro suolo incerto, accogliendo le nostre crepe, provando a trasformarle in finestre.

L'inganno, figlio mio, è che ci hanno convinti che voi veniate al mondo per piacerci. Per essere ciò che speriamo, per validare con i vostri successi la nostra qualità di genitori. Crescere è invece una lotta che prevede una ferita, una spaccatura che non si rimarginerà, la generazione necessaria di una distanza.

«Io non sono te» è ciò che ogni nuova vita grida nel cuore del mondo. Ma sono parole che vibrano su una frequenza sconosciuta, diversa dalla nostra di adulti, sulla quale ci si sintonizza solo dopo anni, e in certi casi mai.

Sai, Tom, io so di non piacerti. Ma il fatto, vedi, è che non mi piaci neanche tu. Non mi piace il tuo corpo devastato, il tuo sguardo affamato e colpevolizzante, il tuo rifiutare il nostro aiuto, la tua ingratitudine che sento di non meritare. Niente mi sta bene di te.

Non mi piaci, e però: ti amo.

È un bel paradosso, vero?

E in fondo piú non mi piaci e piú ti amo, anche se è un conflitto che fatico a gestire, perché piú non mi piaci e piú diventi: te.

Perciò, sai cosa? Hai ragione tu.

Deludici tutte le volte che vorrai, fallo ogni volta che ti sembrerà giusto o necessario. Continua a insegnarci che amare un figlio, o una figlia, vuol dire amare un tradimento, voler loro bene soprattutto quando sono molto diversi da ciò che si era sperato. Forse si diventa padri, si diventa madri, proprio per imparare quel tipo di amore lí, unico e irragionevole, che non si può sperimentare in nessun altro modo, in nessun altro tipo di relazione. Forse il vostro compito è quello di riuscire a farci scorgere la bellezza anche nel progetto che non riesce, nella promessa non mantenuta. Nella provvisorietà del bene. Nel crollo che ci svela cos'era a tenerci in piedi.

E invece il dramma è che vi sproniamo a una competizione inesausta, a tentare di essere fra i migliori, a cercare il successo, a sacrificare quasi tutto sull'altare di una presunta perfezione, perfino a calpestare gli altri se impediscono il raggiungimento di un obiettivo. Il mondo intero cospira per soffocarvi con aspettative lancinanti. Noi compresi. Perché anche noi genitori le abbiamo subite e le subiamo, quelle aspettative, e abbiamo assorbito quei modelli nostro malgrado.

Ecco perché ci può accadere, nonostante tutte le attenzioni, di farvi sentire sbagliati, insufficienti, non all'altezza, incoraggiandovi addirittura a perseguire propositi che non desiderate davvero. Ci può succedere di mostrarci eccessivamente dispiaciuti quando il risultato non è quello immaginato. O di pensare, al contrario, che i problemi non ci siano, quando il risultato ci conforta. Non lo facciamo sempre in modo esplicito, o del tutto consapevole, ma vi educhiamo a questo.

Sai, se ripenso agli ultimi anni, mi rendo conto che la prima domanda che ti rivolgevo quando tornavi da scuola era sempre: «Com'è andata?», ottenendo come risposta l'immancabile: «Tutto bene».

Le domande giuste, invece, oggi lo so, sarebbero state altre. Quelle a cui adesso non rispondi piú, perché sono fuori tempo massimo.

«Come stai?», «Come ti senti?», «Cosa ti ha reso felice o cosa ti ha messo in difficoltà?» E sono domande difficili, certo. Tendiamo a evitarle, perché non vogliamo ascoltare davvero le risposte. Non vi vogliamo sentire, a dieci anni, oppure a dodici, oppure a quindici, confessare: «Sto una merda», «Mi sento solo», «Mi sento inadeguato», «Cerco di coprire la mia ansia prendendo tutti voti alti», e allora ci facciamo bastare le vostre risposte di circostanza.

Perché la vostra inadeguatezza alimenterebbe la nostra.

Perché, forse, non siete voi figli a essere fragili, a temere la tempesta, a trovare insopportabile la disfatta.

Forse, alla fine, i fragili siamo sempre stati noi.

Noi che ci ostiniamo a sognare gli uomini o le donne che diventerete, o a rimpiangere i bambini e le bambine che eravate, senza mai vedere davvero il ragazzo o la ragazza che abbiamo davanti. Noi che viviamo sbilanciati nel passato, o piú spesso nel futuro, pur di lenire la sofferenza del presente. Noi che cerchiamo di proteggere ciò che sarete, nell'ossessione di pianificare il vostro domani, invece di sederci accanto a voi ad abbracciare ciò che siete. Invece di aiutarvi a rivendicare il diritto all'imperfezione, allo sconforto, all'incapacità di accontentare gli altri.

Forse noi due potremmo ripartire da qui: dal diritto di essere amati semplicemente per ciò che siamo. Non tanto come genitore e figlio, ma prima di tutto come due esseri umani che hanno voglia di dirsi chi sono. Senza sbattere porte, senza esprimerci a monosillabi, senza continuare a comportarci come se la vita ci avesse fatto un torto. Perché la verità, Tom, è che anche se ci nascondiamo dentro a vestiti da grandi, o se fingiamo di avere tutte le risposte, il dolore e la rabbia e la sensazione di sentirci incompresi sono sempre lí, anche per noi adulti.

Da qui in avanti faremo solo con quel che c'è, ti va? Senza piú aspettative, senza giudizi, senza speranze o standard da soddisfare.

Impareremo a dar vita alle nostre giornate con materiali improvvisati, rinunciando a ogni calcolo. Magari costruiremo un tetto pieno di buchi, oppure una zattera fatta di foglie, un ponte traballante che unisce due rive, oppure una scala storta che non porta da nessuna parte, ma su cui sarà bello sedersi ad ammirare il panorama.

Alla fine, non m'interessa cosa sarà.

M'importa solo di farlo con te.

Scrivo questa specie di disperato messaggio nella bottiglia, a conclusione del diario tenuto su Tommy in ospedale. Prima di chiuderlo e riporlo, quasi senza deciderlo strappo con cura le ultime pagine, una alla volta, tenendo una mano sul bordo interno e stando attento a non rovinarle. Poi le piego a metà e le infilo in una busta gialla.

Sopra la busta scrivo «Per te». La faccio scivolare sotto la porta della camera di Tommy che ancora dorme, infine recupero le chiavi dell'auto ed esco per andare in studio.

Fuori, la pioggia viene giú a secchiate. È il mio primo giorno di lavoro dopo il ricovero, e so già che sarà difficile. Mi toccano due sopralluoghi su due cantieri diversi, una relazione strutturale da depositare, la recriminazione di un cliente a cui avevo promesso il carotaggio e la verifica di un solaio antico. La giornata sembra non finire mai.

Verso le diciotto, mi arriva un messaggio di mio padre.

Il messaggio dice: «Domani vie».

Sorrido. Me lo immagino con le sue dita tozze, a scrivere sui tasti minuscoli, che legge a fatica. Come spesso accade, ha cliccato su Invio prima di arrivare alla fine.

Mi viene in mente che la comunicazione fra noi, anche quand'ero giovane, anche in casa, anche a tavola, anche ovunque, è stata spesso cosí. Frammentata, intermittente, fatta di mezze parole o frasi sospese che dovevo interpretare, proprio come dovevo decifrare i suoi silenzi. D'un tratto, penso che forse sono diventato padre perché ero stufo di essere figlio in quel modo.

Sto per rispondergli, quando il cellulare s'illumina per un nuovo messaggio.

Lo apro, è di Tommy.

«Quando torni mi porti in piscina?»

Fisso il telefono, incredulo. L'ha scritto davvero? Mi sforzo di non interpretarlo necessariamente come un segnale.

«Certo», rispondo, continuando a meravigliarmi per la richiesta. Al contempo, mi accorgo di essere dispiaciuto per il fatto che non c'è alcun accenno alle parole che gli ho scritto stamattina. Mi fermo a rifletterci: ecco, mi dico, mi sto di nuovo aspettando qualcosa. Un comportamento che avrei ritenuto giusto, una risposta che avrei preferito. Sortire un effetto. Non voglio piú essere cosí.

M'infilo il telefono in tasca. Guardo l'orologio, comincia a farsi tardi.

Recupero il cappotto, esco dallo studio, spengo le luci e m'incammino verso l'auto.

Le strade sono bagnate, l'aria è fin troppo calda per l'inizio di novembre, l'acqua delle pozzanghere riflette le luci serali della città, un rider in bici mi evita per un soffio, alza un braccio in segno di scuse mentre fila via, senza neanche voltarsi, faccio lo stesso, consapevole che non mi vedrà.

Metto una mano nella tasca per recuperare le chiavi e sento il telefono che vibra. Lo tiro fuori. È un altro messaggio di Tommy.

Il messaggio è una foto.

Un selfie di mio figlio che indossa una cuffia da nuoto all'incontrario, mentre si sta portando l'indice teso sul naso, come faceva sempre da piccolo.

«Io voto una zattera col tetto», dice il testo che l'accompagna.

Mi appoggio alla portiera della macchina, chiudo gli occhi, inspiro a fondo. Resto cosí per qualche secondo, immobile sotto una pioggia sottile. Quando riapro gli occhi, mi abbasso sullo schermo del cellulare e riguardo bene l'immagine, la ingrandisco, ne isolo i dettagli. È lí che succede.

Non capisco perché, sarà la luce, la pioggia, la stanchezza, ma è come se stessi vedendo il viso di Tommy per la prima volta. Proprio come quel giorno in sala parto, troppi anni fa, mi sento di nuovo davanti al mistero di un estraneo. La cosa, invece di spaventarmi, mi provoca un dolce conforto. Per un attimo, penso che non mi manca niente, che non voglio nulla piú di questo momento, qui c'è tutto ciò che serve.

«Una zattera col tetto», mi ripeto in testa ridendo.

Mi dico che si può fare, mentre salgo in auto per andare a incontrare quello sconosciuto di mio figlio.

Nota al testo.

La citazione in epigrafe a p. 3 è tratta da Marco Lodoli, *Italia*, Einaudi, Torino 2010.

Indice

Questo libro è stampato su carta contenente fibre certificate FSC®
e con fibre provenienti da altre fonti controllate.

FSC www.fsc.org
MISTO
Carta | A sostegno della gestione forestale responsabile
FSC® C115118

Stampato su carta HOLMEN con fibra vergine
proveniente da foreste sostenibili
www.holmen.com/paper

Stampato per conto della Casa editrice Einaudi
presso ELCOGRAF S.p.A. - Stabilimento di Cles (Tn)

C.L. 26065

Edizione						Anno			
3	4	5	6	7	8	2024	2025	2026	2027